文春文庫

不穏な眠り

若竹七海

文藝春秋

目次

不穏な眠り

水沫《みなわ》隠《がく》れの日々

1

外環道から東北自動車道に入り、岩槻《いわつき》を過ぎたあたりで、梅雨の走りの雨雲を追い越した。行く手には「天使の梯子《はしご》」がかかっている。雲の切れ間から陽光が斜めに差し込んでいるだけの、ごく平凡な自然現象だが、神に祝福されている気分になった。

運転をするのは久しぶりだった。まして遠出だ。にもかかわらずレンタカーの予約がちゃんと入っておらず、手の届きにくいハンドブレーキ付きのブルーの軽自動車を押しつけられた。予報通りに雨が降り出したときには、恐怖すら覚えた。

高速に乗るのもおっかなびっくりだったが、しばらくすると車にも慣れ、運転の勘も戻り、車の数も減って、すべてがスムーズに流れ出した。一定のリズム、一定のスピードで、ともに同じ方角をめざして走っていると、大型トラックや窓ガラスの中を見せないSUV、車線変更を繰り返すオートバイにさえ、同志愛に近いものを抱いてしまう。気がつけば、わたしはカーラジオに合わせ、ハンドルを人差し指で弾《はじ》きながら歌っていた。

わたしは葉村晶《はむらあきら》という。国籍・日本、性別・女。吉祥寺の住宅街に店舗をかまえるミステリ専門書店〈MURDER BEAR BOOKSHOP〉のアルバイト店員にして、この本屋が副業で始めた〈白熊《しろくま》探偵社〉に所属する唯一の調査員である。

副業というよりは思いつき、ミステリ書店に探偵事務所がくっついていたら面白かろうというオーナー店長・富山泰之《とやまやすゆき》の半ば冗談で始まったものだから、依頼人など滅多に現れない。現れても依頼料にびびり、逃げ出されることもたびたびだ。うちの料金は業界の規定にのっとっているのだが、ごく普通の勤め人が個人で払うには、いささか覚悟がいる金額ではある。

だからだろうか、こんなことも起きる。今年に入ってすぐ、離婚後、交流のない娘の素行調査を依頼してきた男がいた。前金として十万円を受け取り、三日間調査をし、報告書と引き換えに残金を請求したところ、男は豹変《ひょうへん》した。

自分は調査対象者の父の名を騙《かた》っただけで、調査は彼女をストーキングするためのものだ。おまえもオレのストーカー行為に加担したのだから、共犯になる。業務停止命令を喰らいたくなかったら、報告書をよこし、前金の十万を返せ。そうしたら万一、逮捕されても、おまえに彼女を調べさせたことは黙っていてやる。

男は嘲《あざけ》り笑いを浮かべていたが、目の前で警察に電話をかけるとその笑みはだいぶ薄まった。こんなご時世なのだ、依頼人とのやりとりを記録していないわけがないし、最初にサインさせた契約書にも「調査で得た情報は、犯罪に利用しないことを条件に引き渡す」という一文を入れている。そもそも他人の名を騙って契約しておいて、こんな中途半端な脅しが通ると思うとは。頭が悪いにもほどがある。

というわけでストーカーの巻き添えにならずにはすんだが、残金はもらいそこねた。折しも、富山店長が『吉祥寺ミステリアーナ』と題する本を出したばかりだった。大学でのミステリクラブ創設から出版社に就職、定年後は専門書店を開いたミステリ人生を振り返る、といった内容の著書は好評をもって迎えられ、取材や執筆、大学の公開講座の講師の依頼などが次々に降ってきて、富山はにわかに忙しくなった。

おかげで〈MURDER BEAR BOOKSHOP〉に割ける時間が減ってしまい、富山ともう一人のオーナーである土橋保《どばしたもつ》とで話し合った結果、もともとイベントのない平日の集客率が悪かったこともあって、しばらくの間、開店日を金・土・日の週末限定にすることになった。もちろん、探偵事務所として店を使うのはかまいませんよ、とオーナーたちは恩着せがましくわたしに言った。その代わり、看板猫の世話と、ネットでの注文対応をお願いするっていうのはどうでしょう。

要するに、閉店中はタダ働きね、だからもともと少ないバイト収入が、さらに半分くらいになるけど、探偵で頑張って稼いでね、ということだ。

なんとか客を集めようと、〈MURDER BEAR BOOKSHOP〉のホームページに付属する〈白熊探偵社〉の口コミ欄にいろんな名前で書き込みをし、我と我が身を褒めちぎったが、立春から初夏にかけて、調査の依頼どころか問い合わせも皆無。しかたなく〈東都総合リサーチ〉の知り合いに臨時の仕事を紹介してもらって糊口《ここう》をしのいだが、こうやって回される仕事というのはキツくて安いのが相場だ。徹夜で張り込みの補助をして、一回五千円。おいしい仕事とは言いがたい。

そんな次第で貯金を取り崩しながら二〇一五年も五月を半ばすぎ、ようやく天候が安定してきた火曜日……。

わたしは早く目覚めて、たまっていた洗濯物を片づけた。毛布を洗うには絶好の一日。少々蒸すが、気温もほどよく、気持ちがいい。

こんな日にステキな依頼人が現れないかと、思ったところへ〈MURDER BEAR BOOKSHOP〉にかかった電話が、わたしのスマホに転送されてきた。

初めてお電話するんですけど。藤本《ふじもと》サツキと名乗った女性はゆっくりと言った。蔵書を処分したくて、吉祥寺で出張買取をしてくれるお店を検索したら、何軒かヒットしまして。どこにお願いしようか考えたのだけど、そのう、おたくには探偵がいらっしゃるそうで……本の他にも、できればちょっとご相談が……。

はいはい、いますとも、わたしが探偵本人です、とわたしは名乗りをあげた。クールを宗《むね》とする調査員にしては、いささか前のめりだったことは否定できない。

「あら、あなたが探偵ちゃん？　女の人なのね。ちょうどいいわ」

電話の向こうで、サツキはにわかに元気になった。

「本の運び出しかたがた、うちまで来ていただけないかしら。ボリス・ヴィアン風に表現すると、肺に睡蓮《すいれん》の花が咲いて、あと半年の余命宣告をされちゃいましたの。外には出かけたくないし、自分では本の梱包もしづらいのよ。井の頭公園と公園通に挟まれたマンションの九階なのだけど」

「わかりました。すぐにおうかがいしますので、ご住所とお部屋番号をお願いします」

前のめりに言ってしまってから三秒ほどで、前のめりだった頭に情報が染み渡った。

そのときにはすでに、お断りはできなくなっていた。

そもそも古本の買い取りに、死の匂いはつきものだ。終活のため、サービス付き高齢者住宅に移るため、つまりは死を迎える準備のためにと本は処分される。亡くなった家族の蔵書を売りたい、という依頼も珍しくない。まれに、蔵書の価値をやたら高めに見積もるごうつくばりや、お父さんの形見をなんで処分しちゃうのよと食ってかかる娘などが現れて、呼びつけられて見積もりをさせられたあげく、ハイエナ扱いされることもある。

だが、ご本人がまもなく、という状況には、もちろん慣れていない。赤の他人の古本屋には、誰もそこまでぶっちゃけない。古本屋も商売だ。安く仕入れて高く売りたい。そんな相手に弱みを見せて、コツコツ集めた大切な蔵書を買い叩かれたい、とは誰も思わない。相手がワルければ、本どころか身ぐるみ剝がされる可能性だってある。

藤本サツキはそこまで考えていなかったようだ。電話から二時間後、教えられた部屋のチャイムを押すと、痩せた体をモーヴ色のガウンに包み、同色のスリッパにサテンの手袋、花柄のカバーをかぶせた酸素ボンベをお気に入りのペットのように従えて現れた。

上品で色合わせに気を使っているが、さほど金をかけていない身なりが、いかにも吉祥寺のマダムらしい。白髪の混ざった黒のウィッグだけが安っぽく、アメリカンショートヘアが覆いかぶさっているように見えた。

「さっそく来てくださって、助かるわ」

サツキは慣れた手つきでボンベをあしらいつつ、わたしを案内してくれた。

「本はね、リビングにあるのを全部持っていってくださいな。会社を起こしてからは忙しくて読書もできなかったから、あるのは二十代までに買った古い本ばかりなのよ。アルレーでしょ、シムノン、ジャプリゾとかボアロー&ナルスジャック、今の若い人は読まないかもしれないけど。探偵ちゃんは、ボリス・ヴィアンを読んだことあるかしら」

「はあ、『うたかたの日々』を、昔」

「ボリス・ヴィアンは、三十九歳で死んだでしょ」

藤本サツキは上品な手つきで鼻のチューブの位置を直して、言った。

「ジャック・フットレルがタイタニック号と共に沈んだのは三十七歳。カミュは四十六歳で寺山修司は四十七歳、クレイグ・ライスは四十九歳……でしたっけ？　そうやって考えると、六十代じゃ早いって言うわけにもいかないわよねえ」

デスクに会社のものらしい書類が広げてある以外、リビングはガランとしていた。座る椅子もなく、先週、便利屋さんに片付けてもらったのよ、とサツキはすまなそうに言った。

だが窓の向こうは、殺風景な室内を補ってあまりある、すばらしい眺望だった。初夏の井の頭公園の深い緑と、池の噴水の雫の向こうに、井の頭線の高架が望める。陽光を浴びて銀色に輝く車体が、うねるように吉祥寺駅を出て行くのが見えた。できれば、わたしもあの電車に乗って、ここから立ち去りたかった。

サツキは楽しそうに話し続けていた。

「幸か不幸か私には家族がいないから、自分の心配さえすればいいの。めんどくさい事務手続きはあるんだけど、それ以外は〈死ぬまでにしたいことリスト〉を作って、コンプリートをめざすだけ。探偵ちゃんは〈死ぬまでにしたいことリスト〉作ったこと、おあり？」

「あ……いえ」

サツキは舌を鳴らした。

「ひとつ忠告して差し上げるわ、探偵ちゃん。やりたいことは元気なうちにやっておくことね。若い頃、ちょっとした臨時収入があって、早川書房から出ていたボリス・ヴィアン全集を全巻購入しました。そのうち時間ができたらゆっくり読もうと思って。そういう経験、なぁい？」

ある。わたしの場合は、桃源社版の『小栗虫太郎全作品』全九巻だ。〈MURDER BEAR BOOKSHOP〉で働き始めたばかりの頃、揃いで出たのでバイト割引で買ってしまった。時間と金ができたら南の島へ連れて行き、花火とハイビスカスが刺さったココナッツジュースを飲みながら、ゆっくり楽しもうと思っている。

「それで、このたび本を取り出してみたら、活字は細かいわ紙は黄ばんでるわ、こっちはドライアイに老眼でしょ。読めやしないの。ね。若いうちに読んでおくべきよ」

そういえば、わたしも昔ほど本を読めなくなっている。読書していると、腕が無性に疲れるし。ひょっとして、本の位置が目から遠くなっている……？

いやいやいや。まだまだまだ。

梱包作業を進めることにして、持ってきた段ボール箱を組み立てた。リビングの扉付き本棚の半分が本、残りの半分は高級そうだが埃をかぶった洋酒と、雑貨の類が占めている。

申し立て通り、蔵書のほとんどは七〇年代から八〇年代にかけてのフランスミステリだった。特に原書が多い。この辺は、富山でなければ値付けできない。持ち帰って、後から買取価格を連絡すると説明し、本を箱に詰めていった。

サツキは椅子を引きずってきて、作業をするわたしのそばに座り込んだ。彼女は読もうと思ってやめた本、見たくなくなった映画について意見を述べたのち、話題を〈死ぬまでにしたいことリスト〉に戻した。

「不思議よね。こんなときなのに、見栄《みえ》を張りそうになっちゃうの。藤本サツキは最後の最後まで人生を謳歌しました、と葬式で言ってもらえるようなことをリストに並べるべきだ、と思ってしまうのね」

「それは例えば、エベレストに登頂するとか？」

わたしが言うと、サッキは優雅に手を打った。

「理解が早いわ、探偵ちゃん。そうなのよ。カーネギーホールでバイオリンのリサイタルをするとか、海に向かってバカヤローと叫ぶとか、男性ストリッパーのパンツに一万円札を押し込む、みたいな派手なことをしなくっちゃ、って。ハリウッド映画でもないのにねえ」

サッキは椅子の上で膝を引き寄せて、ふくらはぎをさすり始めた。

「とりあえず海辺には行きましたよ。臭くて砂が不愉快だったわ。話題のパンケーキやかき氷も二口で充分。スカイダイビングも申し込んだけど、飛行機が滑走路を走り始めた途端、怖くなって倒れて搬送されて。お医者様に叱られたわ」

本を詰めた段ボール箱を玄関に持っていき、次の箱を作りながら戻ると、窓の向こうで雲が流れ、見る間に空が広くなった。開いた窓からかすかに藻の臭いのする風が流れ込み、本棚から出てきた綿ぼこりが部屋の隅へゆるゆると移動した。

「それでようやく気がついた。自分がどうしてもしたいことはなんなのか、本気で考えなきゃって。考えに考えて、けさよ。目覚めてすぐに、それがわかったの」

サッキは遠くを見るような顔になった。

「私が吉祥寺に暮らすようになったのは一九七二年、女子大に入学して一ヶ月ほどたってからよ。渋谷の叔母の家に寄宿していたのだけれど、義理の叔父が、女の子のくせに本なんか買うな、その金でバッグを買え、ファッションに対する目を肥《こ》やせってうるさかったの」

今にして思えば、叔父さんも悪い人じゃなかったんだけど、とサツキは肩をすくめた。田舎者の芋娘をなんとかしようとしてくれていただけよね。

「でも、こっちも生意気盛りだったから、私は着飾るために上京してきたんじゃない、男女同権の世の中を目指さなくてはならないのに、差別意識丸出しだわ、なんて腹を立てたわけ。それで叔母の家を出て、友人の田上《たがみ》二佐子《ふさこ》の部屋に転がり込んだの」

二佐子は新潟出身で、奨学金で大学に通い、トイレ共同で北向きの三畳間で暮らしていた。同級生に転がり込まれるのは迷惑だったに違いないが、嫌な顔一つ見せなかった。

「叔母から連絡が行って心配した母が訪ねてきたけど、二佐子のことは気に入って、こんなしっかりしたお嬢さんと一緒ならいいでしょうって、建ったばかりのマンションのこの部屋を買ってくれた。浜松の実家の運送会社も当時は手広くやってたし、両親は私に甘かったから。おかげでルームメイトもできて、『あしながおじさん』のジュディみたいな大学生活を過ごせたわ」

サツキは上唇を軽く舐めると、その頃の暮らしぶりを語った。課題や勉強に追い立てられる学生生活だったけど、合間に二佐子と本屋に行って、欲しかった本を買い、二番館で映画を見て、洋食を食べに行く。服やバッグを物色するのも、二佐子と一緒なら楽しかった。駅近くにあった〈ボア〉って喫茶店に二人で行って、コーヒー一杯で、読んだばかりの本について何時間も語り合った。

「この生活が楽しすぎて、卒業しても居座ることにしてこっちで就職したのよ」

サツキはすでにない証券会社の名をあげた。二佐子の方は、仏文科の教授の紹介で〈桜萼堂書店《おうがくどう》〉に就職した。バブルの頃に不動産投資に手を広げ、多額の負債を抱え倒産するまでは関東一円に支店を持つ大型書店で、そういえば、

「吉祥寺の駅前通りに立派な店舗がありましたね」

「あれが桜萼堂の本店よ。二佐子はそこで、少なくとも一九八〇年の八月まで働いてた。お盆の前に私たち大喧嘩して、二佐子は部屋を出ていった。私ももう二十代の半ばだったし、遊びの時間は終わったって思った。それで両親から言われていた通り、浜松に帰って見合いで結婚したの。一年もたなかったけどね」

離婚後のトラブル、両親との確執、地方都市の噂話について。人に貸していたこの部屋から賃借人が出て行ったのを潮に戻ってきたこと、フランス語ができるので知り合いの雑貨屋に頼まれ、ヨーロッパに雑貨の買いつけに同行するうち輸入会社を立ち上げたこと、少しずつ成功してきたこと。

一気にしゃべってさすがに疲れたのか、サツキの口調は気だるげになった。

「会社を立ち上げた直後よ。二佐子が死んでいたのを知らされたのは。遥香《はるか》っていう娘を残してた。引き取り手もなくて施設にいた遥香を、私が引き取った。だけど、うまくいかなくて。私も子育てに向いていない女だったけど、あの子も悪くて手がつけられな

かった。七年前、ついに見捨てて忘れることにした。この世に田上遥香なんて子は存在しなかったって」

サツキは椅子から滑り下りて、間近に顔を近づけてきた。ほおが赤く、目が潤んでいる。

「でもね、考えて考えて、けさ、目覚めてすぐに出た答えは、遥香だった」

サツキはわたしの腕をつかんだ。サテンの手袋に包まれた華奢な手は、思いがけないほど熱かった。

「ねえ、探偵ちゃん。来週、あの子が帰ってくるの。迎えに行ってもらえない？　もちろん規定の料金をお支払いします。ただ、あの子を私のところに送り届けて。絶対に、間違いなく、私の元へ、連れてきてほしいの」

2

ブルーの軽自動車が栃木インターチェンジに到着した頃には、再びあたりはうす曇り、フロントガラスが細かな水滴で濁り始めていた。

ラジオを切り、一般道に降りた。大型スーパー、大型衣料品店、大型電気店などが立ち並ぶ、日本全国どこにでもありそうな県道を、デジャヴを感じつつ走り抜け、予定時刻の四十分前に目的地に着いた。

栃木刑務所。東日本最大の収容人数を誇る女子刑務所だ。

ベージュに塗られた、風通しの良さそうな門構えの正面玄関を見つけ、車を停めた。エンジンを切って外へ出た。同じ日に、どこぞの姐さんでも出所することになったら、極道映画みたいな光景が拝めるかもと多少、期待していたが、遠くに一台、野暮ったい白いセダンが停まっているだけで、その筋のお迎えらしき気配はない。

霧雨のなか、体を動かした。わたしの身長くらいの金網の先に土塁、その上に建てられた白い塀を見つつ足裏を伸ばし、塀の向こうにある高い櫓を仰ぎつつ、腰を反らせた。挙動不審かな、と思った。刑務所の側に車を止め、雨の中、ストレッチをしている人間。わたしがあっち側の人間なら職務質問するな。それとも、観光気分でやってくる見物人に慣れているか。

全身がしっとり濡れてきたので、車に戻って焦げ茶色のタオルで髪を拭いた。白髪隠しのヘアマニキュアを使うようになってから、タオルといえば茶色か紺だ。四十代を半ばも過ぎると、若かった頃には想像もつかない事態が起こる。点滴を受けた痕が一年たってもまだ消えないとか、白いタオルが使えなくなる、なんて誰が予想したことか。

ヘッドレストにタオルをかけて、頭を預け、この数日の間にネットその他でかき集めた情報を、反芻《はんすう》した。

田上遥香は一九八一年二月四日、田上二佐子の長女として生まれた。父親は不明だ。五歳のとき、二佐子が働いていた工場で機械に巻き込まれて死に、施設に預けられた。

一年後、藤本サツキに引き取られ、吉祥寺で暮らし始める。
遥香は公立小学校卒業後、中高一貫の私立女子校に進学したが、高校三年生で退学になった。放課後ハデに遊び歩き、仲間とクスリをやり、ひどい幻覚症状で病院に運ばれたのが、学校に知れたらしい。

その後はサツキの会社でバイトとして働く一方、大検をとってS大学に合格。二十歳で晴れて大学生になったのだが、三年後、道玄坂で奇声を発して歩いているところを通報され、覚せい剤の所持と使用で逮捕された。このときは執行猶予がついたが、さらに四年後の二〇〇八年五月三十日、事件が起きた。

かねてから遥香は、サツキの会社の取引先で、家具輸入会社〈クブヌ・ボタニ〉を経営する武井《たけい》総二《そうじ》郎《ろう》という四十七歳の妻子ある男と、いわゆる不倫の関係にあった。〈クブヌ・ボタニ〉は五日市街道沿いにギャラリーとしても使っている倉庫を持っていて、倉庫の奥には商品でもある天蓋《てんがい》付きの大きなベッドがあった。密会はここで行われていた。

事件の数日前、二人の関係がサツキに知れて、一悶着あったらしい。当初の供述によれば、遥香は武井と別れるつもりで倉庫に行った。だが、話すうちに意識がなくなり、気がつくとベッドが燃えていた。煙がひどくて、そのまま逃げ出した。

火はマットレスと天蓋を燃やしたが、消防が駆けつけたときには自然鎮火していた。ベッドの反対側から武井総二郎が見つかり、搬送先の病院で死亡が確認された。死因は気管熱傷による窒息死。ベッドの上の灰皿から紙巻大麻の吸い殻とライターが見つかった。ライターには遥香の指紋だけが残っていた。

吸い殻の不始末が火災の原因と思われたが、現場検証の結果、最初の火元は天蓋から垂れた布とわかった。追及された遥香はやがて、自分がライターで布に火をつけたことを認めた。

武井が別れないと言い張ったので、脅すつもりで火をつけた。武井は頑丈な男だし、死ぬとは思わなかった。大麻は武井が用意した。そもそも、あんなオヤジと付き合ったのは、大麻をくれたからだ。大麻ならタバコより健康的だってネットに書いてあったし、シャブほどひどいことにはならないと思っていた。

はじめに嘘をついたこともあって、警察は遥香の話を疑ったが、調べてみると、倉庫の屋上から大麻の鉢植えがどっさり見つかった。武井総二郎はインドネシアやタイその他、東南アジアで家具を買いつけ、輸入していた。売り上げはほぼ赤字だったのに、どこからともなく運転資金を調達していた。

放火は重罪だ。しかも人死にが出ている。さらに唯一の味方になるはずのサツキは遥香に弁護士をつけず、出廷も拒んだ。事件のせいでサツキの会社も打撃を受けた。あんな子は刑務所内でのたれ死ねばいい、と言ったらしい。

求刑は懲役八年六ヶ月、判決は懲役七年だった。比較的軽く済んだのは、裁判所が、死んだ武井総二郎にも事件への責任があったと認めたからだろう。

検察は上訴せず、遥香は判決を受け入れ、即日収監された……。

予定時刻を数分すぎて刑務所の外扉が開き、女が出てきた。スマホに入力しておいた田上遥香の写真を呼び出した。事件を起こした二十七歳のときメディアに流れたもので、眉がないせいか貧相で、げっ歯類を思わせる容貌だ。とはいえ巷に流布される犯罪者の写真は、たいていがこんなデキ。実物はもう少しマシだろう。

そう思っていたのに、写真そのままの女がこちらにやってくる。

刑務所での生活が楽なはずもないし、仮釈放なしの満期出所だ。老けて見えてもしかたはないが、すっぴんで髪はボサボサ。背中を丸め、紙袋を下げ、膝の抜けたコットンパンツにグレーのパーカーという姿だ。

出所の連絡があったのだから、藤本サツキも彼女に新しい服や化粧品を差し入れしてあげればよかったのに、と思いながらも気を取り直し、車を降りて、門を出た田上遥香に近寄った。遥香は丸い、表情のない目で、こちらを見た。名前を確認しても、自己紹介しても、反応は薄かったが、藤本サツキの名前を持ち出すと、大きく息をついた。

「サツキおばさまから迎えをやるかもって、連絡があったって聞いた。それがアンタなんだ。えーと、なんてったっけ」

「葉村晶です」

「おばさまんとこの社員?」

「いえ、遥香さんのお迎えのために雇われました」

「へえ、アタシのお迎えのためにねえ。お勤めご苦労様」

待て、それはこっちのセリフだろう、と言い返すまもなく、遥香はブルーの軽自動車に向かって顎をしゃくった。

「車、これ?」

「ええ」

「リムジンを用意しとけとは言わないけど、軽はないわ。後部座席で昼寝しながら優雅に帰れるのかと思ったのに」

文句を並べてはいるが、声に力がない。体を引きずるようにして助手席に乗り込み、すぐに背もたれを倒して目を閉じた。

ことによると、体の具合が悪いのかもしれない。エンジンをかけて、元来た道を引き返しながら、わたしは考えた。あるいは、心の具合が。七年ぶりに娑婆《しゃば》に戻るというのは、環境の激変をも意味する。ストレスは悪いことが起きたときにだけのしかかってくるわけではない。昇進やプロポーズでストレス障害を起こす例だってある。

目覚めたら、どこかで買い物させてあげようか、と考えながら栃木市の中心部を通り抜けた。だが、遥香は苦しそうな寝息を立て続けている。しかたがないのでそのまま高速に乗った。乗ってしまったからには大泉まで寝ててくれよと思ったのだが、利根川を越え、羽生パーキングエリアを通り過ぎ、久喜にさしかかったところで遥香は目を覚ました。さっきよりは少し、顔色が良くなっている。

「寝ちゃったよ」

遥香は不思議そうに鼻をすすった。

「ナカじゃ全然眠れなかったのに、すごく良く眠れた。なんでだろ」

「車の揺れが良かったんじゃないですか。それに、わたしも運転中はいびきをかかないし」

適当に答えると、遥香はつまらなそうに、なんだそれ、と言った。ややあって助手席から、詰まりかけの排水口を下水が落ちていくような音がした。横目で見た。遥香が笑っていた。

しばらくすると、遥香は涙を拭いて、こちらを見た。

「アンタ、ナカにいたことあんの？　同室のいびきがひどくて長いこと寝不足だって、よくわかったね」

女子刑務所の収容能力が限界を超えている、という記事を読んだことがあれば、誰だって不眠の理由に見当はつく。わたしは後部座席をちらっと示した。

「後ろのポリ袋に、おやつが入ってます。良かったらどうぞ」

遥香はシートベルトを外して後部座席に頭を突っ込み、袋ごととって元の姿勢に戻った。中を見て、わあ、と言った。

「鈴カステラ。どら焼き。きのこの山。マクビティのチョコレートビスケット。アタシの好きなものばっかり。サツキおばさまに聞いたの？」

出所のための差し入れにも気が回らなかった藤本サツキが、遥香の好物まで伝えてくれたはずもない。けさ、遠足にはお菓子がいるなと思いついて、コンビニで適当に買ってきただけだ。

幸い、遥香は返事も聞かず、夢中になって食べ始めた。ビスケット九枚がみるみる消えてなくなった。遥香は前歯にチョコをつけたまま、ペットボトルのお茶をガブガブ飲み、子どものような笑顔になった。

「はああ、うまい。サツキおばさま、出たら真っ先に甘いもの食べたいって手紙に書いたの、覚えてててくれたんだね。アタシ、てっきりおばさまはまだ怒ってて、アタシの手紙なんか読まずに捨ててると思ってた。返事もこないし、仮釈放が決まりかけたときも、身元引受人になってくれなかったから」

「重いご病気なんですから」

わたしは曖昧に答えた。遥香は鈴カステラの袋を破りながら、訊いた。

「そんなに悪いの？」

「すでに余命宣告を受けたと聞きました」

「なんで。おばさま、まだ六十代でしょ。早すぎるよ。なのに」

遥香の顔がこわばった。わたしは慌てて言葉を継いだ。

「でも、とりあえず今は、遥香さんに会えるのを楽しみにしてらっしゃいますよ」

「アタシに会いたいって。サツキおばさまが。ホントに？」

「本気で会いたいと思わなければ、あなたの出迎えのためだけにひとを雇ったりしません。藤本さんはわたしに言いましたよ。お願いだから、絶対に、間違いなく、あの子を私の元へ連れてきて、って」

急に隣が静かになった。追い越し車線から割り込みをかけてきたトラックをやり過ごし、車間をとってふと見ると、遥香は目に涙を浮かべながら、機械的に鈴カステラを口に押し込んでいた。

マズイな、と思ったときには遅かった。遥香は急に真っ青になり、ポリ袋に顔を突っ込んで、食べたばかりの甘いものを盛大に吐いた。

蓮田サービスエリアの手前で助かった。パーキングスペースに車を止めると、遥香はトイレめがけて走っていった。わたしは助手席の床から袋を拾い上げ、ゴミ箱に捨てに行った。近くの水道で手を洗い、ミネラルウォーターとミントを買って、車に戻った。

雨はまた、上がっていた。荷物を助手席に放り込み、ストレッチをしながら遥香を待った。正午を過ぎていた。胃も空っぽになったことだし、落ち着いたら食事をしたがるかもしれないな、と思った。温かいうどんでも食べさせてやろう。ここを出たら、しばらくは車を止められない。それとも、藤本サツキがお昼を用意して待っているだろうか。一度、連絡を入れておくべきか。

スマホを取り出したところで、昨夜、明日は約束通り迎えに行ってきますから、と電話して、途中報告は必要ありません、と言われたことを思い出した。サツキは少し苦しそうで、声は小さかった。探偵ちゃんを信用しますよ、必ず遥香を私の元へ連れてきてくれるって。

なんの根拠もない信頼だが、そう言われると、是が非でも遥香を届けなくてはならない、という気になった。たびたびクスリをやったあげく、火をつけ人を死なせた女であっても、確実に。それに遥香も刑に服したのだし、人は変われるのだし、なによりサツキがそれを望んでいるのだし。

それにしても、遅いな……。

車の位置がわからなくなったのだろうか、とトイレの方へ振り返った。目を疑った。遠く、二人の男に両脇を抱えられるようにして、引きずられていく女がいた。パーカーは着ておらず、ボサボサの髪は結ばれていて、一瞬、別人かと思ったが、間違いない。田上遥香だ。

わたしは停車中の車列を縫うようにして、大声を出しながら走った。青ざめた遥香が後ろを見てわたしに気づき、抵抗するように腰を落とした。それで多少、スピードは落ちたが、男たちが足を止めることはなかった。彼らはわたしを気にもせず、駐車場の出口近くに停車してあった、野暮ったい白のセダンのところまで遥香を引きずっていった。一人が車の後部座席のドアを開け、もう一人が遥香を殴りつけると、車内に蹴り入れ自分も乗り込んだ。ドアを開けた男は運転席に回り、タイヤを鳴らして発車し……次の瞬間、パーキングを出ようとしていた黒のワゴン車にぶつかった。ものすごい破壊音と同時に、地面にガラスや金属片が落ちた。クラクションや警報が鳴り響き、近くで誰かが驚きの声をあげた。

ワゴン車から運転手が下りてきて、大声を発しながらセダンに近寄った。鼻先をワゴン車の横っ腹に突っ込んでいたセダンがバックした。同時に動いているセダンの後部、押し込まれたのとは逆側のドアが開き、遥香が這い出てきた。

まだ遥香の下半身が車にあるうちに、セダンは急発進した。遥香が地面で丸くなるのを危うくひきかけ、ハンドルを切り、怒ったワゴンの運転手が追いかけるのを振り切って高速に突っ込み、姿を消した。

わたしは呆然と立ちすくんだ。な、なにいまの。

3

雨の平日とはいえお昼どきで、ひとも車もそれなりに多かった。現場にはわっと野次馬が押し寄せてきた。あっけにとられていたわたしが視線を戻すと、遥香もまた、いつのまにか消えていた。

「逃げやがった。見たか。ぶつけておいて、逃げやがった、あいつら」

ワゴン車の運転手は興奮して、サービスエリアの警備員相手に大声で怒鳴り続けていた。

「俺に罪はないぞ。見てただろ、あっちが急に飛び出してきて、ぶつけやがったんだ。こっちは被害者だ、見ろよ、新車なんだぞ」

短い茶髪を掻きむしらんばかりにして、運転手は喚いた。無理もない、ワゴン車の横っ腹は見事に凹んでいる。

警備員が、もう通報したから、だの、監視カメラがあるから、だのとなだめているのが途切れ途切れに聞こえてきた。遥香の話は出なかった。誰も見ていなかったか、白昼、女性が拉致《らち》されかける、といった非日常かつ早すぎる展開で、見ていても理解が追いつかなかったのかもしれない。無理もない。わたしだって、追いついていない。

ようやく落ち着きを取り戻してきた運転手が、警備員の指示でワゴン車を移動させた。あのほやほやの事故現場をすり抜けて、数台の車が蓮田サービスエリアを出ていった。あのセダンを追いかけているのだろう、サイレンが次々に、何台も、何台も、東京方面へ移動していくのが聞こえてきた。

わたしはできるだけ周囲の注目をひかないように後ずさりし、人だかりから離れた。なにが起きたのか、あるいは起きているのかさっぱりわからないが、ここで足止めを食らってもいいことはない。

セダンは品川ナンバーで、以下もすべて覚えていた。だが、あの車は刑務所の近くに駐車していたものによく似ていた。女を拉致ろうなんて輩は、通常あんなダサいセダンには乗りたがらない。あらかじめ足がつかないように盗んだか、無断で借りてきたのでなければ。

となると、ナンバーを警備員に教えてやっても意味はない。今頃は高速を降りて、乗り捨てているだろう。監視カメラの映像で、遥香の拉致未遂が知られることになるかもしれないが、本人が消えているのに、わたしが名乗り出ても意味がない。

軽自動車に戻り、待つことにした。待っている間に電話をかけた。

七年前、遥香の事件を担当したのは武蔵野南警察署だった。この署には交通課の矢部《やべ》という知り合いがいる。彼女には貸しがあった。警察官は通常、勤務中出会った探偵に迷惑をかけても、借りがあるなんて認めない。だが矢部は、わたしが田上遥香の出所を迎えにいくことを、当時の担当だった村瀬《むらせ》という刑事の耳に入れると約束してくれた。

なにもなければそれで終わりだが、昨日、村瀬から探りを入れる電話がかかってきた。正直に事情を説明したらつまらなそうに電話を切ったが、なにかある、ということだ。

案の定、電話の向こうで村瀬は喉が詰まったような声を立てた。

「ナンバーは調べてみるけど、言う通り、盗難車だろうな。それで、田上遥香は？　消えたままか」

「怖がって隠れてるだけよ。荷物は車に残したままだし、お金を持っているとも思えないし、待ってりゃそのうち戻ってくるでしょ。それとも埼玉県警に連絡するべき？　刑務所帰りの女が襲われかけましたって。それでなにかしてもらえます？」

村瀬は鼻を鳴らした。

「期待はできないだろうな」

「だったら教えてもらえません？　わたしはなにに気をつければいいのか」

「安全運転だろうな」

「ちょっと。これで吉祥寺までの帰り道、わたしたちになにか起きたら、村瀬さんもとばっちりを食うかもしれませんよ」

田上遥香を待っているのが、余命宣告を受けた女性と思い出したのか、村瀬はしぶしぶ口を開いた。

「七年前、田上遥香が死なせた武井総二郎には、大麻よりもっとヤバいものを密輸しているという噂があった。ヤツは年に十回以上、東南アジア方面に渡航していたし、そもそも〈クブヌ・ボタニ〉って会社名はインドネシア語で〈植物園〉って意味だ」

麻薬の密輸を暗示してそんな名前をつけたのだとすれば、ふざけた話だ。

「放火事件に便乗して、薬物対策課が武井の関係先を捜索したが、倉庫の大麻以外はなにも出なかった。書類やパソコン、スマホも押収して調べたが、麻薬取引を匂わせるものは見つからずじまい。営業や経理は武井が一人でやっていて、従業員はバイトに毛の生えたような事務員と、家具の運び出しなどの力仕事をする男が二人だけ。もちろん彼らも調べたが、金にもクスリにも縁のない連中だった。噂はあくまで噂だった、と思われたんだがな」

　事件から半年たって、武井の妻は〈クブヌ・ボタニ〉を売却した。買い手は中国系企業の通関業務を行なっている税関ブローカーで、

「武井が持っていた倉庫、自宅、商品、港に預けっ放しだったコンテナから営業車まで、洗いざらい引き取ったそうだ。いくらで売ったか知らないが、武井の女房の引っ越し先は千葉の、築五十年近い公営団地だ。買い叩かれたんだろうな。従業員はしばらくオーナーが替わった〈クブヌ・ボタニ〉で働いていたが、一ヶ月たたないうちに全員が辞めて吉祥寺を出ていった」

　村瀬はくしゃみをして鼻をすすった。

「去年の春頃、偶然、当時の薬対課の捜査員が従業員の一人と出くわした。従業員の左手の指の先が二本なくなっていた。どうしたのか尋ねると、うっかりミキサーに手を突っ込んでしまった、と言った。その話を聞いて、別の捜査員が、千葉に引っ込む前の武井の女房とばったり会ったのを思い出した。そのとき彼女は左手に包帯を巻いていた。どうしたのか尋ねると、うっかりミキサーに手を突っ込んでしまった、と言っていたそうだ」

　おいおい。

　わたしは手のひらに浮いてきた汗を、太ももにこすりつけた。

「その、〈クブヌ・ボタニ〉を買ったブローカーって」

「ブローカーは名義を貸しただけで、実際に買ったのは、中国のソロモン王とか呼ばれているウルトラ大富豪の傘下の、何百何千って子会社の一つという噂だ。名義貸しは違法っちゃ違法だけど、噂じゃ警察は動けんのよ。表向き、彼らはなにもしていない。〈クブヌ・ボタニ〉は休眠状態だ。店舗は又貸しされて、今じゃ吉祥寺のグルメ本にも載る中国料理店になってる。パクチーを山盛り乗せたラム肉の水餃子と、デザートの亀ゼリーが絶品だとさ」

フロントガラスの先、建物のある方から、田上遥香がこちらに歩いてくるのが見えた。四方に目をやり、怯えているようだ。わたしは早口になった。

「つまりその中国企業とやらが、武井総二郎が残した『大麻よりヤバいもの』を探して会社を買い取り、周囲の人間を脅したけど、結局まだ入手できてなくて、今度は遥香からそのありかを聞き出そうとしている……ってこと?」

「だろうな。七年たってもまだ手間ヒマかけて探してるんだとすると、よっぽどのお宝か、メンツがかかって引き下がれないか、相当に諦めが悪いのか。中国人の手帳には、百年先までスケジュールが書き込まれてるっていうもんな。ま、ガンバレや探偵」

村瀬は投げやりに言った。頭に血がのぼった。

「ガンバレや、ですって。指詰められたらどうしてくれんのよ」

「だったら田上遥香から、連中が探しているもののありかを聞き出すんだな。そしたら連絡くれよ。問題のブツが押収されたら、あちらさんも諦めるだろ。さもなきゃ相手に欲しがってるものを差し出しといて、連中が間違いなく犯罪行為を働いている最中に、警察が踏み込めるよう段取ってくれ。ミキサー所持じゃ現行犯でも逮捕できないから。よろしくな」

「そ……それが警察官の言うセリフ？」

「いいじゃないか。届け物の先っぽが少しくらい欠けてたって、あんたの依頼人も気にしないさ」

そんなわけ、ないだろ。

言い返す前に、電話は切れた。田上遥香が車にたどり着き、ドアハンドルをやたらと引っ張り始めた。鍵を開けると、歯をガチガチ言わせながら助手席に滑り込んできた。

「は、葉村さん、いてくれたんだ。もう、置いてっちゃったかと思った」

「どこにいたのよ」

「トイレだよ。さ、探しにきてくれるかと思って、待ってたのにさ」

「さっきのあれは、知り合い？」

シートベルトを締め、エンジンをかけながら訊いた。遥香は足をシートにあげて抱え込み、体を前後に揺らしながら、首を振った。

「知らない、と思う。たぶん」

「たぶんって。あんな強烈な知り合いを思い出せないわけ？」

ついロ調がきつくなった。遥香はふくれっ面をした。

「顔なんか見るどこじゃなかったし。近くに通行人もいたのに、ボケーっと見てるだけで全然助けてくんないし。ムショ帰りの女なんかほっとけって感じ？　どうにでもなれって？　ひどくない？」

「だったら悲鳴くらいあげなさいよ。黙って引きずられてんだもの、周りだってなにが起こってるのかわかんなかったんでしょ」

「びっくりして声が出なかったんだよ。怒んないでよ」

遥香はパーカーを腰に巻き、パーカーから抜いた紐で髪を縛っていた。今は薄汚れたTシャツ一枚だ。その袖で涙を拭いた。少し、かわいそうになった。見ていただけのわたしですら冷や汗が出たのだ、当事者がまともに対応できなくてもしかたがない。

水とミントを渡した。遥香は喉を鳴らして水を飲んだ。わたしは深呼吸をし、口調を和らげた。

「シートベルトをして。吉祥寺に帰るわよ」

遥香は無言でシートベルトを締め、わたしは軽自動車を出した。高速の流れに乗って、スムーズに走り始めたとき、遥香が不意にこちらを見て、ねえ待ってよ、と言った。

「これって、アイツらと同じ方向に向かってんの？　逆方向にしようよ、もう会いたくないよ。なんなんだよ、アイツらさ。殴られたんだよ、アタシ」

トイレから出たところで、後ろからいきなり両脇を抱え込まれたのだ、と遥香は震えながら言った。そんな目にあう心当たり？　あるわけないよ。

「刑務所に戻る。腹決めたつもりだったけど、やっぱりまだ、死にたくない」

「セダンは刑務所の前で待ち伏せしてた。そもそも高速で方向転換はできないんだから。一気に吉祥寺に帰った方が、まだ安全だよ」

遥香はかたくなに首を振った。

「ダメだよ。なんとかして」

刑務所に入れてもらえるわけがないでしょうが、とわたしは遥香を説得した。そんなに心配だったら、浦和まで行って市内に入り、そこで車を降りて電車に乗り換えよう。なんなら、どこかで着替えを買ったらどうか。化粧をして髪型を変えれば、気づかれる危険性が減るし。

それでもグズグズ言っているので、村瀬から聞いた話を伝えることにした。これでもミステリ書店の店員だ。人を脅すセリフのサンプルは豊富に持ち合わせている。ミキサーの一件はほんのりとぼかしたが、遥香は震え上がり、「大麻よりヤバいもの」なんて知るわけがない、と言い張った。

「逮捕されたとき、ケーサツにもさんざん聞かれたけど、ほんっとにアタシはたまーにハッパもらってただけ。愛人っていわれたけど、会うのは一ヶ月に一度くらい、たいていは一緒にハッパやってスリープして終わり。そんな程度の付き合いなのに、クスリの隠し場所とか教えてくれるわけないよ」

一瞬、納得しかけた。だが、田上遥香はたびたび薬物がらみの問題を起こした女だ。

みずからベッドに火を放っておいて、意識がなかったと嘘もついた。そもそも、別れ話のもつれで片方が死ぬほどの騒ぎになったのに、親しくありませんでした、と言われても。

わたしの疑念を感じ取ったのか、遥香は押し黙った。前方に観光バスがいた。スピードを上げて追い越し車線に出た。バスは五台並んでいた。すべて追い越して、前に出た。トラックがいた。追い越した。追い越された。車線を変更するとき、車体が横に滑った。路面が濡れているんだったと思い出した。

「ねえ。ねえ、ちょっと。ねえ、葉村さん、スピード落とそうよ」

遥香が助手席の背もたれを戻し、喉を鳴らして言った。わたしは肩をすくめ、車線を変更して、前のワンボックスを抜きにかかった。遥香がわめいた。

「ねえ、アタシなにも聞いてないんだよ。マジだって。武井のオヤジはアタシのこと信用してなかった。でっかい取引になるとか言ってたけど……」

「どんな取引?」

スピードを落として訊いた。遥香は手すりにしがみつきながら、言った。

「だから、くわしく教えてもらえなかったんだって」

アクセルを踏み込んだ。軽自動車は左右に揺れながら加速した。遥香は大声になった。

「あの日、久しぶりに呼び出されたんだ。オヤジ珍しく興奮してて、インドネシアから無事に荷物が届いた、スマトラ島の奥地に行ったんだ、とか一人でしゃべってた。で、すげえのを手に入れた、でっかい取引になるって言うんだ。だからアタシ、試させろって言ったんだよ。アタシには自分とこの安いハッパあてがっといて、すげえのは独り占めなんて、ひどいって。でもオヤジはその安いハッパで朦朧《もうろう》としながら、ケラケラ笑ってた。だからさ」

「だから、なによ」

遥香は一呼吸置いて、小声で言った。

「だから、ちょっと脅したんだよ。火をつけて」

4

「まさかあんなことでオヤジが死んじゃうとは思わなかった。いっきなり天蓋がメラメラ燃え出して、慌てて消そうとしたけどムリで、アタシも逃げ出すのがやっとだった。だから、なにも聞いてない。ホントだよ」

わたしはハンドルをあらぬ方向へ回しそうになった。

「ちょっと待って。別れ話に応じてくれなかったからじゃなくて、『すげえの』とやらを試させてくれないのに腹を立てて、それで火をつけたわけ？」

「それって問題？　どっちだって似たようなもんじゃん」

田上遥香は爪を噛みながら、言った。

「とにかく、アタシはその『すげえの』がどこにあるのか、まったく知らないから。教えてもらう前に、オヤジ死んじゃったんだもん」

田上遥香の話は今度こそ、いかにもホントらしく聞こえた。とはいえ、あきれた。そんな身勝手な理由で放火して相手を死なせたなら、懲役七年は軽いと思う。死んだ武井総二郎にもあまり同情はできないが。

「ねえ。今の話、サツキおばさまにすんの？」

スピードを落とすと、遥香は全身の力を抜き、心配そうに言った。

「できれば言わないでくれないかな。また顔も見たくないなんて思われたくないよ」

「わたしの役目は、アンタを藤本サツキさんのところまで無事に連れて行くこと。それ以外は関係ないから」

「なら、いいけど」

田上遥香はシートにもたれ、天井を見上げた。

「アタシさあ、おばさまにだけは悪いと思ってんだ。死んだママと友達だったってだけで生活費くれて、学費くれて、部屋も借りてくれて、従業員にもしてくれたんだから。なのにがっかりさせっぱなしだった。アタシは可愛くないし頭も悪い。ガンバって大検取ったけど、おばさまとママの出身大学には入れなかった。クスリをやめたかったけど、ダメだった。正気でいると、サツキおばさまのがっかりしてる顔が浮かんでくるんだよ」

遥香は再び助手席のシートを倒して、組んだ腕に頭を乗せた。

「一度も喜ばせたことないまま、おばさまあの世に行くのかな。あっちでアタシのママと会って、アタシの愚痴とかこぼすかな。うわ、ひょっとして、武井のオヤジもあっちにいるわけ？　死んでも会いたくない」

そう言うと、遥香は急に口をつぐんだ。

あれ以来、後をついてくるような不審な車は見当たらなかった。再度、このまま吉祥寺まで突っ走ろうと言ったが、遥香はもう高速はイヤだとゆずらなかった。少々、やりすぎたらしい。

しかたなく浦和で高速を降りた。武蔵浦和駅近くまで走って給油すると、レンタカーを借りた吉祥寺営業所に連絡して、四十肩になったらしく急に腕が上がらなくなったと涙ながらに訴えた。この状態で吉祥寺まで運転したら、事故を起こしてしまうかも。

親切な係員だった。三千円ほどの追加料金を払うことで、武蔵浦和の営業所への乗り捨てを認めてくれた。感謝して軽自動車を返すと、わたしたちは駅に隣接するファッションビルに入った。

花柄のTシャツと蛍光グリーンのカーディガン、夏用のジーンズ、バッグと化粧道具を、サツキから預かっていた経費で買った。遥香は最初、こんな色着たことがない、とおどおどしていたが、ついでに髪をまとめて化粧をすると、ぐっと若くなった。本人もまんざらでもなさそうだった。

これまで着ていたものを包んでもらい、新しい服装で店を出た。店の前にハンバーガーショップがあった。遥香は匂いを嗅いで立ち止まり、小狡《こずる》そうな顔で、ナカでチーズバーガーとポテトの夢を見たんだよね、と言った。ランチはこれにするしかなさそうだ。一時を過ぎて、レジにはまだ行列があった。遥香は席を取ってくる、と奥へ進んで行った。わたしは列に並び、キッチンの什器《じゅうき》を眺めていた。従業員が働き者なのか、ステンレスは鏡のようにピカピカだった。奥の出入口から遥香が抜け出して、エスカレーターに向かうところがはっきりと映った。

あとを追った。

しきりと周囲を気にしているわりに、遥香はスキだらけだった。何度も人にぶつかりながら、路線図を見上げ、もたもたと切符を買った。埼京線の乗り場近くをウロウロし、地上に降りてロータリーを右往左往した挙句、ようやくのことで武蔵野線の改札にたどり着いた。その間にわたしはジャケットを脱ぎ、帽子をかぶりコットンのスカーフを巻いて、バッグに雨よけの色付きのビニールカバーをかけた。全体の色目が変わると、案外、人は気づかないものなのだ。

武蔵野線のホームへ降りていく遥香のすぐ後に、くっついて行った。府中本町行きの電車がすぐに来た。隣の車両に乗り込んだ。一度、遥香の視線がこちらを向いたが、そのまま素通りしていった。それどころか席が空くと座って、居眠りを始めた。久しぶりの尾行なのに、張り合いがないにもほどがある。

携帯していたゼリー飲料で空腹をごまかしているうちに、西国分寺に着いた。このまま中央線に乗り換えて吉祥寺に帰るつもりかと一瞬、期待したが、遥香は改札を出た。さらに地場野菜を売っているショップの脇に設置された近隣の地図を食い入るように見てから、駅に隣接するスーパーや喫茶店チェーンを通り過ぎ、高架下をくぐって出た道路を横断した。

西国分寺の南側を歩くのは久しぶりだった。雨は止んでいたが、ひと気は少ない。蛍光グリーンに包まれた遥香の背中は、暗い空の下でこのうえなくめだっていた。実を言えば、万一のときには目印になるようにあの色を勧めたのだが、まだ着ているところを見ると気づいていないらしい。藤本サツキががっかりする気持ちが、なんとなく理解できた。

駅から五分と歩かないうちに公営住宅やマンション、学校、何かの研究所、交通量のわりにはきれいに整備された道路、街路樹といった、いかにも郊外らしい光景になった。道を渡り、公園に入った。

ここまで来て、遥香の足取りが急に確信に満ちたものになった。彼女は振り返りもせず、公園の中を歩いていく。

きれいに管理された公園だったが、植物が爆発的に勢力を拡大する季節のこと、濡れた樹々は枝を伸ばし、葉をざわつかせ、草は通路にはみ出すほど育って息苦しいほどだった。やがて、道は公園南側の〈野鳥の森〉に入った。鬱蒼とした樹と竹やぶに挟まれ、落ち葉とチップが敷き詰められた、ひんやりする道を進んだ。通りすがりに案内板をさっと読んだ。どうやら国分寺崖線のキワを歩いているらしい。

やがて、公園を出た。道はそのまま降り坂になり、石段になり、お社や祠が見えて来た。社は〈真姿の池〉という驚くほど澄んだ池の上にあった。中央線から徒歩十五分ほどとは思えない、別世界のような場所だ。

湧水を汲んでいる人、野菜を直売している農家、ホタルの住む小川などに、しかし遥香は目もくれず直進していく。やがて、どこからともなく線香の匂いがして、竹垣とお寺らしき建築物が現れた。竹垣の向こう側には、枝を切られて薪ざっぽうのようになってしまったケヤキの木が立っている。そこで竹垣が途切れ、遥香の姿が消えた。

急いで近寄ると、そこは裏門で、遥香の姿が奥に見えた。かまぼこの板にマジックで「蔵玉山白領寺通用門」と書いたものが、門柱に貼りつけてあった。

石畳の道が通用門から建物の裏手に向かっていた。左側は睡蓮が葉を広げ、亀が甲羅干しをしている濁った広い池。右側は二段上がって墓地になっていた。墓参り用の桶の置場と水道があり、男がしゃがんで雑巾を洗っていた。頭を剃り上げて、作務衣《さむえ》を着ている。住職だろうか。

住職らしき男は遥香を見て大げさに驚くと、蛇口の上の台に濡れた手をついてよいしょ、と立ち上がった。なにやらしゃべりかけながら〈田上家〉とある桶をとる。遥香は桶を受け取って、水をくみ始めた。

え、なに。出所した元受刑者が、まっすぐ親の墓参り？　そのために、夢にまで見たチーズバーガーとわたしを置き去り？　立派すぎる心がけだ。

遥香は桶を下げて墓地へ入っていった。住職らしき男はその後ろ姿を見送り、懐から取り出したスマホで電話をかけながら、建物の角を曲がって消えた。

少し考えた。目的地がここなら、これ以上こそこそする必要はない。直接、遥香を問いつめ、彼女を吉祥寺に引きずっていこう。

水道のところまでズカズカ歩いていき、墓地を覗き込んだ。寺に付随する墓地にしては時代のついた墓石が少なく、突飛なものがめだった。観音様の像がそそり立つ墓や石造りの自動車の墓標、ある墓の上にはなんと招き猫が乗っていた。

遥香はといえば、ハート形の石に『愛』の一文字を刻み込んだ、こっぱずかしい墓標の前にいた。いかにも愛情深い娘らしく、墓の前にひざまずき、線香台の下の石を必死になって動かしている。わたしはげんなりした。犯罪者が服役中、大切なものを親の墓に隠してました……刑事ドラマあるあるだわ。

やっぱり遥香は、武井総二郎の「すげえの」がなんなのか知っていた。というより隠し場所が田上家の墓なら、隠したのは遥香ということになる。

あの嘘つき女。冗談じゃない。

わたしは墓地に向かって一歩、踏み出した。だが、ふと視界の端になにやら気になるものがよぎって、足を止めた。

水道の蛇口の上の台は乾いていた。そこに濡れた手形がスタンプされていた。さっき、住職らしき男が手をついて、よいしょと立ち上がったのだ。

手形は左手のもので、二本の指の先が少し、欠けていた。

アドレナリンがふき出し、鼓動が早くなった。一瞬にして情報が頭を駆け巡り、わたしは遥香の元へ走っていった。

遥香は遺骨の収めどころに顔を突っ込むようにして、中を改めていた。遠目でも骨壺らしいものが一つ、あとはほぼ空だとわかった。遥香はわたしに気づき、ぽかんと口を開け、ジタバタと立ち上がった。

「あ、あの、葉村さん。ほら、あの世のこととか話してるうちに、このお墓のこと思い出して。ママの遺骨はずっと、サツキさんちのお寺に預けっぱなしだったんだけど、七年前、お墓を建てたいって武井のオヤジに言ったら、遊び仲間の住職が管理費を払わない墓を撤去するんで、場所ができるって教えてくれて。お金はサツキおばさまが払ってくれたんだけど、武井のオヤジ、わざわざ納骨式にきたんだよ。だから、もしかして……」

「それはない」

わたしは遥香の腕をつかんで、出口をめざしながら言った。

「ここはもう〈クブヌ・ボタニ〉を買い取った連中に探されてる。それで見つかったんなら、アンタを拉致する必要はない」

「なんでそんなことわかんの」

墓地を出て、裏門への石畳を遥香を引きずって歩きながら、わたしは早口に言った。

「説明してるヒマはない。それとも、あの白いセダンの二人組とここで出くわしたい？　だいたい、墓にあったのはお母さんの骨壺だけでしょ」

「あ、ママの骨壺。あの中まだ見てない」

遥香は足を止め、腕を振り払った。わたしは耳を疑った。

「正気？」

「絶対ここにあるんだよ。あのとき、武井のオヤジが来たから、サツキおばさまにアタシたちのことバレちゃったんだ。不倫相手を呼ぶなんて死んだママに顔向けできるの、っておばさまメチャクチャ怒ってた。なのにオヤジときたら平気でさ。オレが紹介してできた墓なんだから自分のものだ、みたいな顔してた。やばいものの隠し場所に、ちょうどいいと思ってたんだよ絶対」

「だとしても、ここはもう調べられてるんだって。いいから行こう」

遥香は再度、わたしの手を振り払った。

「葉村さんさ。アタシのこと嘘つきだと思ってるみたいだけど、武井のオヤジが『すげえのを手に入れた』って言ってたことも、それをどこに隠したのか聞いてないってとこも、マジでホント。でもって、アタシにはそれ、もらう権利があるよね」

遥香は腕を腰に当てて、両足を踏ん張った。

「オヤジがあのとき、『すげえの』を試させてくれてたら、あんなことになんなかったんだよ。アタシはほんの冗談で、天蓋の布にライターの火を近づけただけ。なのに重罪人扱いで、七年もあんなとこで……だからもらう権利がある。当然の慰謝料だよ」

なに言ってんだ、コイツ。

そう思ったのが顔に出たらしい。遥香はじだんだを踏んだ。

「アンタならわかってくれると思ったのに。なんでがっかりすんの。サツキおばさまとおんなじ顔しないでよ」

おそらくこの世の終わりまで説明しても、なんでなのか、遥香には理解できないだろう。おまけに今は、そんなヒマもない。こんなことならミキサーの件をぼかさず、むしろ盛っておくべきだった。

とにかく説得しなくては、と口を開いたとき、湿った足音がして、遥香の背後に住職が現れた。わたしたちに気づき、なにか言いかけた。ただし、なにを言うつもりだったのかは聞きそびれた。

次の瞬間、わたしは遥香に突き飛ばされた。子どもが癇癪《かんしゃく》を起こしたようなものだが、不意を突かれてまともに受けた。たたらを踏んで後ろに下がった足がぬかるみで滑り、わたしはそのまま、仰向けに池に落ち込んだ。

顔がどろっとした水に包まれた。体を起こそうとして、両手を腰のあたりに置いて力を込めたが、手はぬるりと滑って、再び頭が下に落ち、バシャン、と水がはね返った。下半身は少し高い場所に残り、上半身が池の深部にはまって起き上がれないという情けない姿になっているようだ。焦った。このままでは溺れる。

 思い切ってうつ伏せになり、足を踏ん張った。体重をかけてなんとか起き直り、膝をついて体を起こした。生臭い水が髪を伝って顔の周りにどっと垂れてきた。鼻の奥が痛み、喉の奥に水が垂れていくのがわかった。咳き込みながら立ち上がり、周囲を見回した。石畳の道に住職と遥香が並んで、なにを言ったらいいのかわからないという顔でこちらを見ていた。

 わたしににらまれると、遥香は発作を起こしたようにしゃべり始めた。

「アタシ、別にそこまでさ。ちょっと頭きて、軽く突いただけでさ。怪我させたいとか思ってなくてさ」

 思ってなくても、突き落としたではないか。そう言い返したかったが、喉が水でヒリヒリする。ユーグレナとか人食いアメーバとか、亀のフンを飲み込んでしまったのか。

 とりあえず、池から出よう。

立ち上がって、歩き出そうとしたら、右足がなにかに引っかかった。両手を振り回してバランスをとった。右足を持ち上げてみると、なにやら金属の罠のようなものにハマっているのがわかった。無言で外そうとしたがピアノ線のようなものが絡まった。なんとか外して、もう一歩、岸に近づいた。今度は大きな石のようなものを踏んづけた。石はグラグラ揺れて、わたしは尻餅をついた。住職も遥香も手を貸そうという気はまるでないらしく、高みの見物を決め込んでいる。

いい加減にしろ、と言いかけたとき、寺の表側から敷石を踏むバリバリという音とともに、ワンボックスカーが一台、乱暴に石畳の近くまで乗り入れてきて停車した。

見覚えのある二人の男がおりてきた。

一人は鼻に大きな絆創膏《ばんそうこう》を貼り、額には湾曲したわっかの一部のようなあざができていた。そういえば、事故の際も白いセダンのエアバッグは見なかった。運転手がハンドルに直接顔を打ったのなら、ちょうどあんな跡になるはずだ。

住職がさっと離れて二人を通した。二人は遥香に近づいて、うむを言わせず両脇を抱え込んだ。遥香は恐怖のあまり抵抗できないのだろう、そのまま車へと引きずられていく。わたしは必死に立ち上がりながら、叫んだ。

「ちょっと、待ちなさいよ」

池から出ようともがいたが、足元は動くし、水と泥で体が重くて前に進めない。その間にも、二人組は遥香を連れて遠ざかっていく。わたしは前のめりに手を泥に突っ込んだ。なにか、投げつけるものはないか。

　踏んでいた石があった。めちゃくちゃ重かったが、両手でなんとか持ち上げて、再度、叫んだ。

「待てってば。待ちなさい」

　不意に、甲高い声がした。二人組が足を止めた。ワンボックスの横っ腹のドアがスライドし、中から身なりのいい、丸い顔の中年男性が姿を見せた。北京語らしい言語でなにやらしゃべり散らしながらやってきて、わたしの方へ身を屈め、メガネを動かしてつくづくとこちらを眺めると、身振り手振りも激しく言った。

「あなた、それ渡す」

「……へ？」

「それ。珍しい」

　丸顔メガネは早口に何語ともつかない言葉をまくし立て、こちらを指差した。わたしは自分が抱えているものを見た。石だと思っていたのは、バカでかい亀だった。顔つきはスッポンそっくりで、ヒレはウミガメそっくり。甲羅に赤い凹凸があった。

　なんだこれ。

　思った途端に、亀は暴れ出した。

　悲鳴をあげて、中年男の足元に投げ出した。はずみでまたしても、わたしは池の中に尻餅をついた。水に濡れたもろもろが重い。疲労で全身がけだるくなってきた。

やっとの事で立ち上がると、丸顔メガネが一歩下がって、二人組になにか指示しているところだった。二人組は遥香を放り出した。一人が車から大きな水槽を取り出し、池の水を入れ、二人がかりで暴れる亀を抱え上げて中に入れた。水槽の水をバッシャンバッシャン跳ね返すのに強引に蓋をして、水槽を紐でぐるぐる巻きにすると、ワンボックスカーへと積み込んだ。丸顔メガネはニコニコしながらその後に続いた。

亀と三人を乗せた車は、来たときと同じように乱暴に走り去って消えた。残されたわたしたちは、ぽかんとして顔を見合わせた。

遥香に突き飛ばされたとき、バッグを池のキワに落としていた。ビニールのカバーをかけていたこともあり、大判のジップロックに入れてあった着替えは無事、スマホその他の電子機器にも異常がないのが不幸中の幸いだった。わたしは住職を脅すようにしてシャワーを借り、置いてあったボディソープを半分以上使って生臭い匂いを洗い流すと、話を聞いた。

想像していた通り、武井総二郎が死んでしばらくした頃、住職は彼らに訪問され、どこかに……元は倉庫だったような中国料理店の裏、といった風情の場所に、強引に連れていかれたという。あちらは日本語、こちらは北京語を解せず、話はあまり通じなかったが、武井総二郎から買ったものはないか、と言っているのはわかった。

「その頃、うちには借金がありました。それを返すために長年、管理費を払わず手入れもしていない墓を撤去し、空いたスペースを新たに売った。とはいえ、他の檀家さんたちの手前、あまりおおっぴらには募集をかけられませんでした」

住職は毒気を抜かれたらしく、よくしゃべった。

「武井はちゃんとしたお客さんを何人か紹介してくれました。田上さんもそのひとりです。その代わりに自分のところの商品を買わないかと持ちかけられましたが、買う余裕は全くなかった。もちろん、商品とは輸入家具のことだと思ってましたよ。連中にもそう言いました。その過程で、そのぅ……うっかりミキサーに左手を……まあ、それで、連中はこっちの言うことを信じたわけですが」

「警察には届けなかったんですか」

「届けてどうなります。仮に逮捕されてもすぐに出て来るし、送還されても名前と指紋を変えてすぐに戻ってこられる。今度はうっかり右手をミキサーに突っ込むことになるだけです」

住職は激しく身震いした。

「連中はうちの敷地内も調べていたようで、戻ってきたら、寺もあちこち荒らされてました。ご近所さんにも、亀を捕まえている人がいたけど、と聞かれたんだった。だからたぶん、うちの池の亀も調べはしたんですよ」

今まで忘れてましたけど、そういえば、池の亀についてもいろいろ聞かれました、と住職は言った。子どもの頃、縁日で買ってきたミドリガメとか、近所や檀家さんが捨てていったものだけど、と答えると、あの丸顔メガネの中年男は興味を失ったようだった。

「なんでかそのときは、探している亀は見つからなかったんでしょうね。それっきりなんの連絡もありませんでした。昨日、あの二人組がやってきて、田上さんが寺に来るようなことがあったら、すぐに知らせろと言われるまでは」

で、知らせたわけだ。遥香がうっかりミキサーに手を突っ込むかもしれないと、承知の上で。

そのあたりを念入りに問いつめていくと、住職はお茶を出し、茶菓子を出し、近所の蕎麦屋から出前を取ってくれ、濡れた靴の代わりに古いビーサンをくれた上、わたしたちを吉祥寺まで車で送ってくれることになった。お心遣いをすべてありがたく受け取って、五時を過ぎた頃、わたしと遥香は吉祥寺に降り立った。

6

ずいぶん長く留守をしたような気がしたのに、公園通と中央線の高架と井の頭通が交差する風景は、いつも通りだった。〈いせや〉が煙を吐き出し、酔っ払いが歩道にはみ出し、ショルダーバッグの紐を握りしめて歩く女性やアタッシェケースの男性、エコバッグと赤ん坊を抱えた若い母親、連れ立って歩く女子高生、買い出しから戻る板前見習い、自転車、信号の入れ替わりが早すぎて曲がれずにいるバス、排気ガスと、人の汗や芳香剤と、食べ物が入り混じった下世話な雑踏の匂い……。

あれ以来、遥香は無言で爪を噛んでいた。到着したとき、街の香りを嗅ぐように顔を上げたが、あとは雑踏に脅かされたように細かく震えながらうつむいていた。わたしは彼女の肘を軽くつかんでいたが、死刑執行官にでもなった気がして途中で離した。

サツキのマンションの、のんびり上がっていくエレベーターの中で、遥香は初めて口を開き、こちらを見ずに言った。

「葉村さん。ごめん、いろいろ」

「ま、こっちは仕事だから」

わたしは答えた。藤本サツキからは前金として十万もらっていた。予定外に経費がかかったが、ほとんど足は出ていない。

「やっぱり、がっかりさせちゃうんだ」

エレベーターが目的階に到着して揺れた。遥香はつぶやいた。

「サツキさんのこと？」

わたしは訊いた。

「結局、なにもできなかったんだから。お金ができれば、ひょっとしたらって思ったんだけど。覚悟決めなきゃ」

エレベーターホールからサツキの部屋まで、遥香はわたしの腕にすがるようにして歩いた。藤本サツキはチャイムに応えて現れた。最初に会ったときよりも、顔色は落ち着いていた。

わたしは遥香を押し出した。遥香はわたしの腕をキュッとつかんでから離した。サツキは遥香を見つめて軽くうなずき、中へ入れてわたしに向き直った。

「助かったわ、探偵ちゃん。ありがとう」

「いえ。経費その他の残金については、明日にでも精算させていただきます。今日はこれで失礼します」

「そう。じゃ、明日ね」

サツキは妙に明るい声で言った。ドアが閉まっていくその隙間から、廊下に立って振り返る遥香の姿がちらりと見えた。廊下の暗がりに前歯だけがほのかに白く浮かんで、消えた。

わたしは踵を返して一階に降り、交差点の角にある靴屋で新しいスニーカーを買って履き替えた。高架下の駐車場近くまで行って、座れる場所を探し、あれこれ検索をした。それから、武蔵野南警察署の村瀬に電話をかけた。

「あ？　亀？」

村瀬はすっとんきょうに言った。

「武井総二郎が密輸した『大麻よりやばいもの』が、亀だったってか？」

遥香が放火をする原因になった「すげえの」が、亀だったんだよ。と、わたしは思い、声に出してはこう言った。

「亀は亀でもただの亀じゃないけどね」

さんざん検索した結果わかったのだが、どうやらわたしが捕まえたのは、丸顔メガネがまくしたてていたラテン語の学名らしき言葉と、造形から考えて、カメ目スッポンモドキ科スッポンモドキ属の、スマトラスッポンモドキという亀のようだった。顔はスッポン似、ヒレはウミガメ似。子ガメの頃は可愛いが、育つと雌雄ともに体長が七十センチを超える。甲羅に赤みを帯びた凹凸があるのが特徴らしい。

単なるスッポンモドキと違い、スマトラスッポンモドキは絶滅危惧種、というよりほぼ絶滅したと思われていた。スマトラ島の沼や水深のある河口などに生息していたが、なにに効くのか強い薬効が信じられて、二十世紀の半ば頃までに乱獲された結果、生息数が激減。七〇年代には目撃談も絶えていた。

ところが近年、四十年ぶりに発見され、中国の愛好家が入手した、というニュースが亀マニアの間を駆けめぐったという。

「待てよ。その中国の愛好家って」

「中国のソロモン王と呼ばれているウルトラ大富豪。もっともこのひとは亀の愛好家じゃなくて、珍しい動物を生きたままコレクションしているらしいけど」

「なぜだ」

「さあ。方舟でも作ってるんじゃない？」

すさまじい富と権力を持つコレクターの考えることなど、わたしにわかるはずもない。とにかく、

「武井総二郎はスマトラで偶然、スマトラスッポンモドキの幼体を手に入れて、家具のコンテナに入れるかなんかして密輸したんでしょうね。当然、ワシントン条約違反だと思うけど、こんなすげえの、高値がつくこと間違いない。笑いが止まらなかったでしょうよ」

それで思わず遥香に自慢し、彼女の勘違いを笑い、命を失う結果を招いたわけだ。

「スマトラスッポンモドキの情報がウルトラ大富豪の耳に入った。それで、彼の手先……じゃなくて子会社が、回収に当たった。だが失敗し、行方を知っているかもしれない元愛人の出所を根気強く待っていたわけだ」

「努力の方向性が間違ってたけどね」

ミキサーを使った実に強引な回収だったわけだが、もう少し根気強く白頷寺の池を浚っていたら、遥香を襲うまでもなかったはずだ。

想像だが、武井総二郎は、スマトラスッポンモドキを蔵玉山白頷寺の亀池に隠そうと考えた。遥香の読み通り、彼女の母親の墓をいざというとき、大麻その他を隠すナイスな場所だと思っていたなら、そこに発想が行き着いたとしても不自然ではない。

本人も、まさかまもなく自分が死ぬとは思っていなかっただろう。白頷寺の亀池は、ほんの短い間、子ガメを隠しておく場所だった。わたしが足を突っ込んでしまったあの金属製の罠のようなものは、子ガメを入れた網カゴだったのではないか。ピアノ線をつけたカゴごと池に沈め、ピアノ線をどこか目立たないところに結びつけておけば、亀はすぐ手元に戻る。

だが、武井総二郎は死んでしまい、スマトラスッポンモドキは誰にも知られないままカゴから抜け出した。雑食性でなんでも食べる、生命力旺盛な亀だそうだから、日本の冬の寒さにもなんとか耐えて、生き延びたのだろう。ほとんど水底の泥に潜って過ごす性質なら見つからなかったのもムリないし、そうでなくてもまさか絶滅種がご近所の池で成長しているとは誰も、夢にも思うはずもなかった。

「一応、うちの生活環境課に話は通しておくけどさ」

村瀬はすっかりやる気をなくしたようで、投げやりに言った。

「ソロモン王お名指しのお高くて珍しいお亀様が、そこらの貨物船や航空機で王の手元まで運ばれるわけじゃあるまい。といって、王の自家用ジェットを絶滅種持ち出しの嫌疑で捜索するのは、今の話だけじゃ無理だな。だいたい海外から日本への持ち込みならともかく、日本から中国ってルートでワシントン条約違反が使えるのかね。ミキサーの件で被害届が出てれば、話は違ったかもしれないが」

「では、この件はクローズドってことですか」

「そもそも事件など起きていませんって話だよ。まったく。あの田上遥香の出所にわざわざ探偵を差し向けるんだから、どんな裏があるのかと思いきや、大山鳴動して亀一匹。長生きするわ」

村瀬は鼻で笑って電話を切った。

気がつくと、空が暗くなっていた。帰って風呂に入り、念のために抗生物質も飲んでおこう、と立ち上がったが、へたり込んでしまった。すべてが終わり、力が抜けてしまったのだ。これほどまでに疲労したのは久しぶりだ。特に太ももがひどい。泥の中でもがいたせいか、細かく震えがきている。

なんとか立ち上がって、自販機までロボットのように足を引きずって歩き、糖尿病養成飲料かと思うほど甘い飲み物を買って、飲んだ。全身に糖分が行き渡り、やがて震えが収まった。明日は筋肉痛で大変なことになるだろう。

そういえば、遥香も震えていた……。

空き缶をゴミ箱に入れて、高架下の駐車場から文化園前のバス停の方へ裏道を歩いた。全身の疲労のせいだけではなく、足が前に進まなかった。なにかが引っかかっていた。何が引っかかっているのだろう、と考えて、ようやく思いあたった。武蔵野南署の村瀬が言った言葉だ。

出所にわざわざ探偵を差し向けるんだから。

依頼に飢えていたせいで、考えてもみなかったが、言われてみればそうだ。なぜ探偵だったのだろう。出所のお迎えなど、便利屋でもいいし、最初に遥香が言った通り、自分の会社の人間に頼んでもいい。それどころか迎えも出さずに差し入れだけして、うちで待ってるわ、と伝えればすんだ。

サツキは、遥香が逃げ出すことを予想していた……？

だから探偵だったのだろうか。探偵なら人の行き先を突き止めたり尾行したり、いなくなった人を探し出すことができるから。

でもなぜ、逃げ出すと思ったのだ？

ふと、いくつかの言葉が耳によみがえってきた。

腹決めたつもりだったけど、やっぱりまだ、死にたくない。

結局、なにもできなかったんだから。お金ができれば、ひょっとしたらって思ったんだけど。覚悟決めなきゃ。

わたしは足を止めた。

藤本サツキは生きているうちに遥香に会いたがっていた。わたしはそう単純に考えた。肺に睡蓮の花が咲いた、余命宣告を受けた、〈死ぬまでにしたいことリスト〉を作ってコンプリートをめざしている、本当にしたいことはなんなのか考えて考えて、出た答えが遥香だった、と聞かされたからだ。

でも、よく考えてみれば、サツキは一言も遥香に会いたいとは言わなかった。七年ぶりに出てくる彼女に差し入れもせず、連れて帰ってもうなずいただけ。

遥香によれば、サツキおばさまは遥香に「生活費くれて、学費くれて、部屋も借りてくれて、従業員にもしてくれた」。食事を作ってもらった、可愛がってもらったという話はいっさい出なかった。施設から引き取りはしただろう。だが当時、サツキは輸入代理店を立ち上げて、忙しく働いていた。あの殺風景な部屋に、遥香の気配は感じられなかった。七年前の事件のせいで遥香の痕跡を消し去ったのかもしれないが、本当にそれだけだろうか。

遥香は「サツキおばさまが会いたがっている」と聞かされて、動揺した。サツキに会いたがる一方で、吉祥寺に戻ることに抵抗した。サツキを慕っているようで、がっかりさせることを異常に恐れていた。サツキの部屋へ向かうときには、まるで死刑台に向かうときのように、小刻みに震えていた。ずっと爪を噛んでいた。拉致未遂とミキサーの一件がなければ、遥香は藤本サツキに怯えている……わたしはそんなふうに思ったに違いない。

怯える？　でも、なんで。

遥香は一九八一年二月生まれだ。サツキと田上二佐子が喧嘩別れをしたのは一九八〇年八月、となると、喧嘩の原因は二佐子が遥香を妊娠したことだと考えられる。サツキがうっとりと思い出す、幸せな「ルームメイト」との暮らしをぶち壊したのは、そもそも遥香だったのだ。

遥香は若いうちから薬物に手を出し、武井総二郎のような男と関係を持った。そんな破滅的な行動をとっていたのは、遥香がもともと「悪くて手がつけられない」子だったという理由だけなのか。それとも、サツキが二佐子を奪われた恨みを、小さい頃から遥香にぶつけていたとすれば……。

わたしは首を振った。

仮にそうだったとして、サツキが遥香をどうするというのだ？　死に先立って、一緒にあの世に連れて行くとでも？　自分の死後、遥香がのうのうと生きているのが許せない？　遥香への恨みが、今頃になってつのったと？

原因はどうあれ、遥香は確かにデタラメで問題のある女だ。武井の事件ではサツキも相当に迷惑を受けた。とはいえ、いくら自分の命が尽きようとしているからといって、七年もたって、そこまで腹をたてるだろうか。左手をうっかりミキサーに突っ込むようなことでもなければ、そこまでは……。

不意に、二の腕が疼いた。一週間前、初めてサツキに会ったとき、サテンの手袋に包まれた華奢な手がわたしの腕をつかんだ、その感触。

左手が……力が、指が……なぜ室内で、手袋を？　手の甲に残った点滴の跡を隠すためかと思ったが、本当にそれだけなのだろうか。

亀を求めて遥香の周辺をかぎまわれば、サツキにたどり着く。彼女だけ無事だったとは思えない。だとすれば、サツキが怒りを爆発させ、遥香など死んでしまえばいい、と思っても無理はない。そして、命の期限を切られて、最後にしたいことを考えたとき、その怒りがよみがえったとしても。自分から二佐子を奪い、青春の輝きを奪い、さらに大きな傷を残す原因を作った、遥香に対して。

だからサツキはわたしに言った。ねえ、探偵ちゃん。あの子を私のところへ送り届けて。絶対に、間違いなく、私の元へ連れてきて、と。

確実に仕留めるために。

そこまで考えて、わたしは止めていた息を吐き出した。考えすぎだ。というより、疲労のあまりの妄想だ。

サツキは遥香の出所のお迎えに探偵を雇った、それだけだ。ミステリが好きなら、探偵に守秘義務があると思う。身近な人間が刑務所から出てくることを、あまり世間に知られたくなかった。古本を処分しようとして、守秘義務のある職業の探偵を雇えると知った。だから雇った。驚くほど不自然というわけでもない。

わたしは公園通に向かって、足を引きずって歩き出した。この道を直進すると、サツキのマンションのほぼ真ん前に出るな、と思った。なぜだか不意に「水沫隠れ《みなわがくれ》」という古い言葉を思い出した。水面に浮かぶ泡沫《うたかた》が水底にあるものを隠す、という意味の言葉だ。

裏道から文化園前の角に出たとき、頭上で大きな爆発音がした。さっき訪れたばかりのマンションの九階あたりから、ガラスの破片がきらきら光りながら、道路に降ってきた。

新春のラビリンス

1

遠くから、除夜の鐘が聞こえてきた。

重々しく轟《とどろ》くのもあれば、浮ついた音、軽量級に正統派、音色には個性があった。線香の煙の立ち込める真夜中の境内《けいだい》に善男善女が列を作り、各々《おのおの》が綱を握り、鐘に向かって突き棒を繰り出している様子を、わたしは思い描いた。

ガラス戸の割れ目から耳をすませていると、やがて風に乗り人々の歓声が運ばれてきた。鼻水をすすり、かかと落としを繰り返しながら腕時計に目をやった。針が重なり合って、てっぺんを指していた。

新しい年の幕開けだ。いい年でありますように。……いや贅沢は言わない。今年こそ、病院に担ぎ込まれませんように。調査料を踏み倒されませんように。依頼人が死にませんように。なにより、こんなところで凍死せずにすみますように。

わたしは葉村晶という。国籍・日本、性別・女。吉祥寺の住宅街にあるミステリ専門書店〈MURDER BEAR BOOKSHOP〉のアルバイト店員にして、この本屋が半ば冗談で始めた〈白熊探偵社〉の調査員でもある。最近まで調布市仙川《せんがわ》のシェアハウスで暮らしていたが、諸般の事情で引っ越しを余儀なくされ、新居を見つけるまでのつなぎのつもりで、本屋の二階にある探偵社の事務所に家財道具ともども転がり込んだばかりだ。不惑を過ぎ、坂道を転げ落ちるように年を重ねているというのに、我ながら不甲斐ない。

書店のオーナーの一人で店長でもある富山泰之は、わたしのこの勝手な行動を快く許してくれたが、ありがた迷惑なことに、物置がわりになっていた事務所の風呂を新しくする工事まで手配してしまった。手際の悪いリフォーム業者のおかげで、一日で終わるはずの工事に三日かかり、請求書はわたしのところに回ってきた。アパートを借りる費用がそっくり消えるほどの金額だった。

そんな事情がなければ、今頃こんなところで凍えていたりはしなかった。真新しい風呂に浸かり、ベッドで本を読みながら、ぬくぬくと年を越していたと思う。

「いやもう、楽でおいしい仕事なんだよ」

数時間前、〈東都総合リサーチ〉の桜井肇《さくらいはじめ》は電話の向こうで調子よく言った。彼はときどき下請け仕事を回してくれ、そのつど「楽でおいしい」と恩に着せるが、その通りだったためしはない。

「中野駅近くの早稲田通りに解体直前の廃ビルがあるんだ。急な話だし大晦日にすまないが、今夜一晩、そのビルの警備に入ってくれないかな。夜間割増に正月価格で、報酬は通常の五割増って柊《ひいらぎ》警備は言ってる。悪い話じゃないだろ」

悪くはないが訝《いぶか》しくはあった。〈柊警備SS〉は〈東都総合リサーチ〉と提携する中堅どころの警備会社だ。外部の調査員を駆り出さずとも人手はあるだろう。

そう言うと桜井は、そうなんだけどさ、と言葉を濁した。

「今回は突発事態なんだ。この時期は神社仏閣から警備の依頼が殺到するだろ。人員のやりくりに四苦八苦しているところへ、今晩その〈旧林田《はやしだ》ビル〉に配置予定だった警備員がトンズラしちゃったんだと」

人員はもはや動かせない、あと数時間のうちに誰か入れないと。とはいえそのビルには少々問題があって、誰でもいいというわけにはいかない。

「問題って？」

やっぱり雲行きが怪しくなってきたな、とわたしは思い、問いつめた。桜井は散々ためらった挙句《あげく》、ようやく口にした。

「呪いの幽霊ビルなんだと」

「……は？」

「だからさ。〈旧林田ビル〉には出るんだと。バブルの頃に自殺した元の持ち主の霊が」

桜井はやけになったように繰り返した。

「心霊マニアの間では語り種《ぐさ》だそうだよ。それに、十年くらい前、ネットで噂を知った大学生のグループが酔った勢いでビルに入り込んで、一人が階段から落ちて首の骨を折ったんだ」

おかげでますますビルは有名になり、見物人が押しかけてきて、動画やセルフィーをネットにアップした。影や壁のシミがいわくありげに取り上げられ、取材されて、さらに人が来て、所轄署の重点パトロールの対象になった。肝試しが高じて、ビル内の備品を片っ端から歩道に投げつけていたヤカラが逮捕されるに及んで、騒ぎはいったん落ち着いたが、半年前、ビル管理者の〈参堂《さんどう》地所開発〉が再建計画を発表すると、再燃した。

「年明け四日にはいよいよ解体工事が始まるんだが、昨日もビルに入り込んだヤツらがいたそうだ。解体前の駆け込み暴れ、ってとこだかね。どうもトンズラした警備員が手引きしたらしい。それでクライアントに叱られた後、連絡が取れなくなった。最近の若いヤツは、他人の迷惑より自分の快適を選ぶんだよな」

　桜井はため息をつくと、ものすごい勢いでたたみかけてきた。

「なあ、頼むよ。柊に泣きつかれて、信頼できるヤツをさし向けるって言っちゃったのよ。葉村なら呪いなんて気にしないだろ。一晩だけ制服着て、警備員をやってくれよ。柊の中野営業所とビルは目と鼻の先で、すぐ応援を呼べる。弁当とヒーターを差し入れるし、なんならミカンもつける。甘くておいしい熊本ミカンだよ。そうだ、餅代を上乗せしよう。もちろん五割増とは別に」

　ミカンはともかく、餅代の一言にぐらりときた。結果、数時間後、わたしは柊警備の中野営業所へ赴き、受付で名乗っていた。事務所内では、柊警備の制服を着た男たちが早口で話し合っていたが、こちらを見て話をやめた。一人が眉を上げ、別の誰かが、おいおいマジかよ、と呟《つぶや》いた。

パソコンの画面に向き合っていた三十前後の女性が立ち上がり、こちらにやってきた。髪をバレッタでまとめ、輪郭をとって口紅を塗っていた。ベストにスカートといった事務員の制服もプレスされ、シミひとつない。

彼女は薄く充血した目を瞬《またた》いて、わたしを上から下まで見回した。

「〈東都総合リサーチ〉から来られた葉村晶さんですね。ですけど、あの、仕事の内容は聞いていらっしゃいます?」

「幽霊の出る廃墟ビルで、翌朝七時まで見張りに立つんでしょ?」

わたしがにっこりと答えると、彼女もつられて微笑《ほほえ》み、警備員たちをちらりと見て声を低めた。

「すみません、気にしないでください。東都からはお名前と制服のサイズしか聞いていなかったもので。お弁当とおミカンが届いてます。カセットボンベ式のヒーターは先に現場に入れてありますので」

ビル一階正面玄関入口で侵入者の見張り、三時間ごとに全館を巡回、と説明され、連絡用のスマホと無線機、ランタン式の懐中電灯を渡された。寒いから制服は服の上から着てください。その上からコートを羽織るのもかまいません。

男たちにジロジロ見られながら、事務所を出た。こういうとき、年をとってよかったと思う。若い時分には、アキラなのに女かよ、とガッカリされるとそれだけでへこんだ。今は気にならない。勘違いするほうが悪いのだ。

「呪いの幽霊ビル」は、営業所から二分たらずの場所にあった。ゴシックホラーの表紙みたいな古い建物、カビ臭く生暖かい風が吹き、屋上にはカラスの群れ……といった景色を期待していたため、最初、気づかずにビルの前を通り過ぎてしまった。〈旧林田ビル〉は足場に囲まれ、帆布《はんぷ》風のシートで覆われ、足場の下部には白いパネルがぐるりと配置されて、闇夜に白く浮かび上がって見えた。

オリンピックの開催が決まって以来、東京のどこででも見かける建て替え中のビル。スピリチュアルチックな雰囲気はまるでない。

一階の正面玄関だけは直接道路に面していた。割れたガラス戸越しに、内部が見えた。ガランとした空間にヒーターがあかあかと燃え、その前のパイプ椅子に座り、年配の警備員が背中を丸めてタバコを吸っていた。

交代だと声をかけると、警備員はわたしを見てぎょっとしたように立ち上がり、大きめのリュックを担ぎ上げると、挨拶もなしでビルから飛び出していった。入れ替わりに現場に入った。コンクリートはむき出しで、パイプつり型蛍光灯の片棒が外れて天井から垂れ下がり、壁は余白もないほどスプレーペンキによる落書きだらけ。だが、ヒーターの赤い光が温かみを醸《かも》し出し、居心地は悪くなさそうだ。

ほっと溜息をつきながら、持ってきた弁当その他の荷物をパイプ椅子のそばの段ボール箱に載せ、外にあるレンタルトイレの場所を確認し、巣作りを済ませた。一息ついて、さあ着替えようとしたとき、不意にヒーターがパチパチと音を立てて消えた。ガスがなくなったらしい。

同時に、なにもかもがひどいことになった。

替えのカセットボンベが段ボール箱に一本あったが、空だった。ヒーターをあてにしていたから、使い捨てカイロは小さいのを一つしか用意していなかった。少し前に火事で冬物衣類をごっそりなくし、お金もなかったから、着ている機能性保温下着は安いバッタもんだった。急いでセーターの上に着込んだ柊警備の制服はポリエステル製で、袖を通すなり髪が逆立ち、パイプ椅子に触れた瞬間、火花が散った。

静かな年越しだった。予想より寒気が南下して南関東を覆っていた。コンクリートの壁も床も、蓄えていた冷気を気前よく放出した。

わたしは足踏みをし、ジャンプをし、全館巡回の時刻が来ると、ほとんど走るようにしてビル内を回った。割れた窓の向こうで、足場のシートがはためいていた。上の階ほど風通しが良く、シートの隙間から冷風が吹き込んで、底冷えがした。

コンパネが割れていたり、コンクリートがむき出しだったりと、室内の劣化は様々で、とにかく見渡すかぎり落書きだらけだった。そのせいで、見落とした段差に蹴《け》つまずき、幾度となく転びかけた。野次馬の皆さんもここまで赤ペンキを吹きつけるのは大変だったろうが、その労力はよそに向けて欲しかった。そうしてくれていたら、わたしはこんなところにいなくてすんだのだ。

何度か営業所から定時連絡を求められた。そのたびにカセットボンベの替えを頼んだが、そんなものはないとけんもほろろに切られた。鐘の音が途切れると、あたりはますます静かになった。幽霊はおろかネズミ一匹現れなかった。暇つぶし用に、幽霊ビルで夜通し警備をすると言ったら富山店長にオススメされた『イギリス恐怖小説傑作選』という文庫本を持って来たのだが、読書どころではない。動くのをやめるとすぐに歯の根が合わなくなり、足先の感覚も消えかけるのだ。冷えてたびたび自然に呼ばれたが、この状況下、レンタルトイレでお尻を出すのがどんな風だか想像してもらいたい。ようやく朝を迎えたときには、ひざまずいて神に感謝しかけたほどだ。

交代が来て、営業所に戻った。暖房とはこんなにありがたいものだったかと思った。たぶん、唇が紫色になっていたのだろう。昨夜も見かけた警備員のひとりが装備を受け取ると、面白そうにわたしを見下ろした。

「あの幽霊ビルになんか出たんだね。すげえ怖い目にあったって顔してる。なあ、なにを見たんだよ」

「れ、冷凍庫なみに寒かっただけ。で、で出てくれたら、退屈しなくてすんだんだけど、ね」

暖房の効いた室内にしばらくいるうち、体が緩み、震え始めた。恐怖のせいだと勘違いされたくなかったが、どうしても震えが止められなかった。

「へーえ。あんなとこで一晩過ごそうって女は、肝が据わってるなあ」

〈高儀《たかぎ》〉という名札をつけた警備員は、無線やスマホを手際よくチェックしながらニヤニヤした。

「あのビル、元々は〈中野林田菜館〉って中国料理の名店だったんだよ。大陸から引き上げて来た夫婦が屋台で始めて、繁盛して店舗を出して、息子の代でビルにした。二代目は人がよくて、苦学生や貧乏な芸術家にタダメシ食わせたり、上階に置いてやったりしてたんだけど、恩知らずがいてさ。借金のカタに店の権利書を持ち出して、そのスジに渡しちまった。で、すったもんだの末、ビルはそのスジ御用達の不動産業者のものになり、引き渡しの前夜、二代目は頸動脈《けいどうみゃく》を包丁で切って自殺した。店内は血まみれだったんだって」

バブルの頃、その手の話はよく耳にしたものだ。高儀はわたしの半分ほどの年齢に見え、バブル時代など知るはずもないだろうに、見てきたような語り口だった。

「二代目の呪いのせいか、権利書を巻き上げたヤクザは対立組織との抗争中に刺され、恩知らずは失踪、不動産屋は破産。それでも二代目は成仏できないらしく、ときどきあのビルの壁が真っ赤に染まっていることがあるんだと」

呪いなど持ち出さずとも、いかにも悲惨な末路を辿《たど》りそうなヤツらじゃないかと思ったが、それで一つ理解できた。なんでまた、ああもビル内に赤ペンキが吹きつけられているのか不思議だったが、

「じゃあ、その話を聞いた連中が、かい、怪談の雰囲気づくりのために壁を赤く染めて、じ、自撮りしてSNSにあげてるってこと?」

「罰当たりだろ？　よくそんな真似するよ。あそこはさ、ホンモノだからね」

高儀は真顔になり、声を低めた。

「この業界じゃ、出るって噂のビルやスポットは珍しくないけど、〈旧林田ビル〉はマジでやばいってみんな言ってるぜ。そもそもあのビルの解体工事は、ドタキャン続きで業者が何回も替わった。それで半年経っても解体できずにいるんだよ。あそこに配属された後、警備の仕事をやめたヤツも続出してるしさ。あんたの前に入ってた猿川《さるかわ》のおやっさんも、なんかあったんだろうな。昨日はびっくりするほど急いで帰った。それに工《く》藤《どう》だよ。アイツ、ばっくれた晩に一度ここに戻ってきたんだけど、ものすごく焦っててさ」

高儀はわたしの肩越しに目をやると言葉を切って、付け加えた。

「とにかく、あんたもちゃんと初詣に行って、厄を落としたほうがいいよ」

事務所の奥へ立ち去る高儀をぽかんと見送っていると、冷たい風とともに、昨夜、顔を合わせた女性事務員が入ってきた。彼女はわたしに気づき、ホッとしたような顔をした。

「よかった、無事に終わったんですね。現場が現場だから心配してました」

「ええ、まあ、おかげさまで。では、わたしはこれで」

もう少し暖まっていたかったが、怪談の上塗りが始まっても困る。そうでなくても体のこわばりがとれていくと同時に疲れが出て、ひどく眠くなっていた。

だが、出て行こうとすると、女性事務員はわたしの腕を摑《つか》み、小声で言った。

「あの、すみません。お疲れでしょうけど、ちょっとだけ相談に乗ってもらえませんか。私、どうしても探偵が必要なんです」

2

元日の朝早くに開いている店はほとんどないし、あっても行列ができるほど賑わっている。しかたなく、駅前のロータリーで立ち話となった。破魔矢を抱えた親子や、真新しいお守りをバッグにつけたカップルが眠たげに通りすぎていく。そういえば今年は年越しそばを食べそこねた。せっかく温まりかけた体がまたぞろ冷え始めていた。

女性事務員は公原楓《きみはらかえで》と名乗った。寒そうなわたしをしきりに気づかい、呪いでヒーターが故障したんですか、と大真面目に訊いた。

「まさか。カセットボンベがなかったの。一本だけあったけど空だったし、替えは持ってきてもらえなかったし」

「あれは東都の桜井さんが届けて下さったんですよ。うちの備品の灯油ストーブも発電機も、神社仏閣の警備に全部出払ってるって知って、わざわざ。だからうちにはボンベはそもそもなかったんです。それに桜井さん、未開封のボンベの三本セットを二セットも持ってきて……あ」

公原楓は顔をしかめた。

「きっと猿川さんだわ。葉村さんの前に、幽霊ビルに入ってた警備員のおじいさん。あの人なら、いかにもやりそう」

「というと？」

「よくいろんなものをくすねるんです。警備員仲間のタバコを吸う、お弁当を食べちゃうなんてフツーで、スニーカーの紐とかバッテリーの電池とかを無断借用したり。新品のボンベくらい平気で持ってくわ」

なるほど、あの大きなリュックにならボンベ六本も余裕で入る。おそらく被害に遭《あ》わせているのは同僚で、いつものことだし甘く見てもらえると思っていたら、見知らぬわたしが現れたのでぎょっとした。でも、今さらボンベを返すこともできず、だから「びっくりするほど急いで帰った」わけだ。

おかげでわたしはあんな目に。思わず歯を食いしばったが、元日だったと思い出した。いくらイヤな奴でも、年の初めから他人を呪うのは気が進まない。

ともかくこれを終わらせて帰ろう。くどくど謝っている楓をわたしは遮った。

「それで、公原さんの相談とは？」

「あの、葉村さん、調査員ってことは警察につてがありますよね。調べてもらうことはできますか、その、身元不明のケガ人とか出てないか。友人と連絡が取れないんです……昨日の朝から」

驚いて震えが止まった。音信不通から二十四時間たつかたたないかで、命の心配とは珍しい。それも、直接警察に問い合わせるのではなく、昨日顔を合わせたばかりの調査員に声をかけるとは。

「男性、それとも女性？　持病かなにか、あるのかしら」

「男性です。年齢は三十二歳で、うちの警備員でもあるんです。名前は工藤強志《つよし》といいます」

公原楓はファンデーションの下で頬を染めた。なるほど工藤ねえ、とわたしは思った。さっきの高儀の態度のわけがそれでわかった。彼女はばっくれ警備員と恋人同士なのか。

警備会社の事務員なら警察関係者の知り合いくらいいそうだが、勝手に幽霊ビルの見学会を開き、それがバレて叱られて、仕事放棄した人間を大っぴらには探せない。警備業界と警察には案外な繋《つな》がりがあるものだし、彼を探していることも会社に知られたくはない。そこへ都合よく、調査会社の下請けが現れたというわけだ。

その工藤とやらのせいで。とは思ったが、元日だ。わたしは気力をふりしぼり、なんとかにこやかに断ろうとした。

「失礼だけど、ちょっと神経質すぎやしない？　どっかで酔っ払って寝てるんじゃないかしら。そういうこと、今までに一度もない？」

「いつもならここまで心配しません。でも、今回は……あの人、きっと呪われたんだわ」

「……はい？」

　口を半開きにしたわたしに気づかず、公原楓は目に涙を浮かべた。

「カレ、あのビルに見物人を入れたんですよ？　クライアントに叱られるなんて、その人たち、あのビルになにをしたんだか。しかも叱られて以来、彼と連絡が途絶えてしまって……その程度でいきなりいなくなるなんて、工藤くんらしくないんです。いつもなら、どんだけ怒られたって気にしないのに」

「あー、そんなに面《つら》の皮……えーと、豪快な人なら大丈夫よ。もう少し待ってみたら？」

「だから、いつもなら待ちますけど、ひょっとしてあのビルの霊魂が怒って、工藤くんにも呪いをかけて……だから、連絡してこられないんじゃないかって。お願い、葉村さん。警察に問い合わせてくれるだけでいいんです。それだけでかまいませんから。悪い予感がするんです。カレ、呪われて今頃……」

　テレビから出てきた女に襲われて干からびてる？　どんどん痩せてる？　それともイバラの城の中で眠りこけ、王子様のキスを待ってる？

　まぜっ返したかったが、公原楓は真剣そのもので、涙と鼻水を垂らしかけていた。この際、反論するのも億劫《おっくう》だった。呪いなんてあるわけないだろ、と言ったところで、こんな精神状態の女が聞く耳を持っているとも思えない。

　頭の中で人名簿をめくり、警視庁の郡司翔一《ぐんじしょういち》に連絡を取った。彼には多少の貸しがあった。あちらもそれを覚えていたようで、捜査二課の応援に入ったもんだから、資料の山の前で年越しですよ、とぼやきながらも調べてくれた。この四十八時間以内に、警視庁管内で保護され、病院に運ばれたり留置されたりした身元不明者は五人。三人は高齢のホームレスで、あとの二人は女性だった。工藤強志という人物が逮捕されたという記録はない。

公原楓にこの事実を告げ、よかったわねと言って、わたしはそそくさと中野駅に逃げ込んだ。元日早々、人助けができてよかったが、郡司というせっかくのカードをムダに切らされたともいえる。

まあいいか。暖房の効いた中央線の座席で眠りこみそうになりながら、わたしは思った。情けは人の為ならず。この件はこれで終わった。割増の報酬と餅代のおまけと思って忘れよう。

三が日のうちに深大寺に初詣に出かけ、いまさらながらそばを手繰《たぐ》った以外は寝正月を決めこみ、四日の朝ベッドから這《は》い出した。窓を開けて部屋に風を通し、店舗の周りを掃き清め、洗濯をし、新しくてお高い浴室を磨いていると、スマホが鳴った。〈白熊探偵社〉に新着メッセージが届いていた。

もしや新年早々、調査の依頼か。絶えて久しかったことだ、と喜び勇んで内容を読み、ぐったりした。

「まだ、工藤くんと会えないんです」

公原楓はMUJIカフェのテーブルに身を乗り出すようにして訴えた。押し問答の末、根負けして会うことになったが、事務所に来てもらうのも気が進まず、吉祥寺の駅前で待ち合わせたのだ。仕事始めではあったが、お正月飾りがそのままの街はまだエンジンがかかりきっていないように眠たげだった。通行人も正月明けらしい、夢と現《うつつ》の境目にいるようなしらじらとした顔つきをしていた。

「会えないってことは、連絡はあったのね」

わたしが確認すると、公原楓はホットドリンクを一口すすったのち、顔をしかめてそれを押しやった。三が日は工藤強志も仕事のはずだったので、自分もシフトを入れていた、やっと今日休みが取れた、と彼女はこの三日のうちにこけてしまった頰を傾けて、バッグからスマホを取り出した。

「二度、ＬＩＮＥがきました。イトコに会えたら戻るから心配するなって。でも詳しいことを何度聞いても、それ以上の返事はなくて。こっちが送った分はだいたい既読になってるんですけど」

幸せそうに笑う二人の写真が待ち受けになっている楓のスマホを借りて中味もチェックした。彼女の言う通りの内容だった。見たところ、幽霊や第三者が工藤になりすましてメッセージを送ってきたとも思えないが、断定はできない。

「カレの家には行ってみた？」

「一緒に住んでるんです、私たち。十一月に工藤くんがアパートを引き払って越してきました。結婚するなら節約しようってことになって」

会社に報告するタイミングを見計らっているところで、こんなことになったんです、と公原楓はハンカチで口元を押さえた。二人とも親を亡くして数年、近しい親戚もおらず、いつのまにか支えあうようになった。信頼できる相談相手はおたがいだけなのだ。

「でもその、イトコって人がいるんでしょ」

「ええ、まあ」

楓は顔をしかめた。

「工藤くんより一回りも上の父方のイトコで、工藤ライカっていうそうです。近い身内はその人だけだそうですけど、私は会ったことありません。工藤くんに言わせると、芸術家肌で自己中心的で、会っても楓がイヤな思いをするだけだって。だから連絡先も知らないんです。あの、葉村さん、お願いします。工藤くんを探してもらえませんか。一日も早く会社に戻って詫びを入れないと、クビになるかもしれないし、なにより……どうして帰ってきてくれないのか」

またぞろ呪いが出てくるかと身構えたが、出てきたのは銀行の封筒だった。楓はそれをこちらに滑らせてきた。

「とりあえず前金として十万円用意しました。母の生命保険金が手つかずなので、ちゃんと経費も払えます。お願いです、カレを見つけてください」

公原楓は深々と頭を下げたが、すぐに、ちょっと失礼します、と口を押さえて店を飛び出していった。後ろ姿を見送って、ため息をついた。今頃になって気づいたが、公原楓は妊娠している。妊婦にここまで頼まれてはとうてい断れない。

戻ってきた楓に十万円の預かり証を書いて渡し、事務所に戻った。なんだか出産費用を掠《かす》め取った気分だった。できるだけ早く、カタをつけなくてはなるまい。

公原楓からの情報を簡単にまとめた。

工藤強志は川越の出身で、元は地元の高校球児、東京の教愛大学に進学したが、両親が相次いで病気になって学資が続かず中退した。高校の野球部の顧問の紹介で十二年前に〈柊警備ＳＳ〉に入社。以後、地元埼玉の営業所に所属し、近隣の小さな現場を回らされていたが、三年前に父親が、二年前には母親が死んで実家を処分すると同時に、希望して都内に異動、中野で楓と知り合った。

大きなプロジェクトに関わったことがないのは、両親の病気もあったかもしれないが、本人の性格によるのかもしれなかった。楓の話から見えてくる工藤強志は、気は優しくて力持ち、細かいことは気にしないタイプのようだ。いつも笑顔で、頼まれればイヤとはいえず、大男なのに他人を威圧するのは苦手。

友だちとしては最高かもしれないが、一般的に望まれる警備員像とは相いれない。これでは空きビルの警備くらいしか任せてもらえないだろう。おまけにそれもしくじった。どっかにもぐりこんで出てこないのも、むべなるかな、だ。

パソコンを立ち上げ、検索の結果、川越近くの高校野球部の公式ツイッターに工藤強志の名前を見つけた。当時の顧問は稲村伸《いなむらしん》といい、いまは退職して実家の蕎麦屋の手伝いをしながら、商店街の草野球チームに参加との書き込みがあった。その商店街には〈稲村〉というそのまんまの店名の蕎麦屋があった。

電話の向こうで稲村伸は当初、かわいい教え子の個人情報は死守するぜ、という構えだったが、妊娠中の婚約者に頼まれて探しています、と言ったあたりから軟化し始め、婚約者は工藤さんから先生のことをたびたび聞かされていたそうです、と話を盛ると喜んでしまい、すっかり口が軽くなった。

いや、強志にはしばらく会ってない。年賀状はもらったがね。近々先生にご報告がありますって添え書きがあったけど、その婚約者のことかな。おととい、初詣に行った川越八幡宮で強志の同期何人かに偶然出くわしたんだ。暮れに強志を川越駅で見かけたって話も出たけど、年末年始が忙しい警備員がこんなところにいるわけないよね。

二年前に都内に出て行ったわけ？　うーん、二親《ふたおや》に死なれたってこともあるだろうけど、ヤツには面倒なイトコがいてさ。芸術家気取りで下手な絵を描いたり、サツマイモ畑の真ん中でヌード写真を撮ってみたり。ネットや蔵通りのギャラリーに作品を展示してたらしいけど、あんまり売れてないようだ。

それで金に困ると強志のところに無心にくる。強志は優しいから多少は用立てていたみたいだけど、両親の入院費に用意していた金を勝手に持ち出して、自分の芸術の方が叔父さんや叔母さんの治療よりずっと世界のためだ、なんて言ったもんだから、さすがに腹を立てて縁を切った。

でも、そういう女は厚かましいからなあ。両親の葬式にけろっとしてやってきて、遺産の分配を要求したんだと。だからたぶん、そのイトコと距離を置きたかったんじゃないか。

稲村伸は工藤ライカの連絡先を知らず、知っていそうな相手に心当たりもない、と残念そうに認めた。なんなら野球部のみんなに聞いてみようか、川越市内にアトリエがあるそうだし、誰か知ってると思うよ。

せっかくの申し出だが断った。探偵が動けば波風が立つ。それはしかたがないのだが、聞くだに狭い人間関係の町に、行方不明の噂が流れるのは最小限に抑えたい。ライカはアクの強そうな女だし、自己顕示欲も相当のはずだ。きっと簡単に見つかる。

稲村との通話を終え、検索を始めたら、予想通り三分もたたないうちに、わたしはイヤというほどライカの顔とカラダを眺めることになった。

我が身そのものがアートだ、というつもりだろうか。ライカは目鼻立ちが大きく、猛《もう》禽《きん》類を思わせた。毎月のように髪や目の色を変えていたが、どんな突飛な色にしても、その個性的な顔立ちにはしっくり似合っていた。ゆるみかけたカラダをおおっぴらにさらけ出しても、メイクが浮世離れしているせいか、さほど生々しく見えない。計算してそうなっているのかはわからないが。

肝心の作品は焼き物から彫刻、絵画、写真と様々だった。アクセサリーのデザインに凝ってスペインで勉強中、という書き込みがあるかと思えば、加藤唐九郎《かとうとうくろう》にハマったと土をこねている写真を載せ、また最近は画家のイグチ佳主馬《かずま》を神と崇《あが》めて毎日のように絶賛していた。

だが数日前の、もうすぐある重要な計画を実行、といういわくありげな書き込みを最後に更新は止まっていた。ここしばらく、新しいトピックスはない。

書き込みを遡《さかのぼ》り、一昨年の秋に川越市内の彼女の住居兼アトリエで開かれたイベントの告知を見つけた。暮れに川越駅で工藤を見かけたという噂と「イトコに会えたら戻る」という連絡を足し、工藤の単純な性格を加えると、この住居兼アトリエが現在、もっとも彼がいそうな場所だと思われた。仮にいなくてもライカの知り合いが見つかるかもしれないし、ライカの居所がわかれば、その近くに工藤がいるはずだ。

吉祥寺から中央線で国分寺まで行き、西武国分寺線で東村山に出た。そこで西武新宿線に乗り換えて本川越《ほんかわごえ》に着いた。思っていたよりも近かった。事務所を出てから約一時間後には駅前でタクシーに乗り込んで、ライカのアトリエの住所を告げていた。

小松菜や山芋が育つ広々とした畑の中にある、古めかしい平屋の前に、タクシーは止まった。黒ずんだブロック塀と母屋の間には古い自転車や錆《さ》びたトタンが投げ出され、手入れの悪い植物がぼうぼうと生えて枯れ、玄関の引き戸は傾いて大きな隙間が空いていた。チャイムは押してもうんともすんとも言わなかった。

ブロック塀沿いに家を一周した。家屋の南側は塀が途切れていて、庭に回れるようになっていた。声をかけながら庭に入り、家に近づいた。アルミ色に光るサッシの内側に縁側があり、さらにその内側にまたサッシがあったが、その窓は開かれていて、真っ赤な梅の模様の布団をかけたコタツが見えた。

　そのコタツからはみ出すようにして、工藤強志が横たわっていた。

3

「オレ、楓に心配すんなって連絡したつもりだったんすよ」

　工藤強志は真っ赤な顔でふうふう息をしながら、かすれ声でそう言った。けばけばしいピンクの化繊のどてらを羽織り、つんつるてんのジャージを穿いて、頭には濡れタオル。女郎屋に居続けをしている道楽息子のようだ。

「だけど、元日の朝起きたら熱でぼーっとしちゃってて。ひょっとしてあれ夢だったんすかね。参ったなあ」

「ちゃんと連絡はしてあったけど、あれじゃなにが起きているのかわからなくて、楓さんも余計に心配するわよ」

　わたしは庭に立ち、遠くから言った。工藤が枕にしていた座布団を縁側に出して勧めてくれたのを、固辞したのだ。

彼はときどき激しく咳き込み、その咳を手で受けていた。弁当ガラとペットボトル、ティッシュの山、薬の箱、タオルや手ぬぐいなどが散らかり、そこに、しばらく髪も顔も洗っていなさそうな工藤の体臭にコタツの熱が加わって、なんとも言えない臭気が発生していた。臭いだけなら我慢もするが、ウィルスはムリだ。大晦日から今日までここで倒れていたならインフルエンザだろう。できるかぎり近寄りたくない。

「昨日までろくに声も出なくて。こんなんで電話したら余計に心配すんだろうと思ったし、ここに飛んでこられてもマズいし」

工藤はだるそうに耳をかいた。妊娠中の彼女を案じて一人で耐えていたとは見上げた根性だが、そもそも、

「なんで幽霊ビルの警備を放り出して、こんなところで一人で年を越すことになったの？　会社もあなたが逃げたって思ってるみたいだったけど」

「あ？　そんなまさか」

工藤強志はコタツの上のペットボトルをつかみ、中身がないのに気づいて放り出した。

「クライアントに言われたんっすよ。ライカを連れてこい、見つけるまで戻ってくるなって。だからこうやってライカを待ってるのも立派な仕事……」

工藤が激しく咳き込んだ。わたしはさらに後ずさりしつつ尋ねた。

「医者には行った？」

「行ったけどやってなかった。って夢を見たような。ああ、喉が渇いた。しばらくなに

も食べてないし」

工藤は空っぽの餌皿に気づいた子犬のような目でわたしを見た。

しかたがないので買い物に出たが、見渡すかぎり店舗はない。近くの自販機でお茶とスポーツドリンクを買って戻った。マスクをし、変装用の素通しのメガネをかけ、息を止めて縁側から家に入り、飲み物を工藤に渡した。

スポーツドリンクをガブガブ飲んでいる工藤を尻目に、ゴミをまたいでコタツの脇を通り抜け、奥に進むと台所があった。古くてタイルがはがれかけているが、思いのほか清潔な流し台の端に、鋳物《いもの》の一口ガス台が繋がれていた。冷蔵庫に干からびたネギと玉ねぎ、賞味期限が明後日の卵、戸棚には缶詰とレトルトのご飯があった。鋳物のガス台にマッチで火をつけ、おじやを煮た。

できあがりを待つ間に、工藤をせきたてて公原楓に連絡をさせた。謝罪と説明とイチャイチャからなる彼らの通話に聞き耳を立てつつ、家中のゴミを片づけた。他意があったわけではない。盗み聞きも、ゴミ箱を漁《あさ》りたくなるのも、キャンバスが詰め込まれた納戸を覗《のぞ》きたくなるのも、調査員のサガだ。その結果、おそらく一週間前からライカはこの家に帰ってきていないと結論づけたが、それがわかったからといってどうなるものでもない。工藤強志を見つけて、わたしの仕事は終わったのだ。

通話が終わる頃、おじやができあがった。鍋ごとコタツへ運び、帰り支度をしていると、今度はわたしに公原楓から連絡があった。

「さすがに本職はすごいですね。依頼してから三時間ちょっとしかたっていないのに、もう工藤くんを見つけてくださった」

「それが仕事ですから。経費を計算して、後ほど残金をお返しします」

「そのお金でライカさんも探してください」

「……はい？」

楓は早口になった。

「だって、彼女が見つからないとカレ大変なことになるんです。詳しくは工藤くんに聞いてください。よろしくお願いします。あ、すみません、ちょっと気分が悪くて」

電話は切れた。わたしは歯嚙みしながらスマホをしまった。たとえ依頼主が同じでも、依頼内容が異なれば本来は別料金だ。だが、依頼してから三時間、などと強調されるとそうは切り出しにくい。おまけに相手は妊婦ときたもんだ。

工藤強志に話を聞いた。熱のせいか、秩序立てた説明が苦手なのか、とっちらかった話しぶりで、事情を飲み込むまでにずいぶんかかった。

「早稲田通りの〈旧林田ビル〉の夜間警備に入ってすぐ、ライカから連絡があったんすよ。ビルの前を通りかかって、偶然オレが警備してんのを見た、話があるから仕事が終わったら出てこいって。断ったんすけど、アイツ他人の話きかないから」

そこで夜勤明けの三十日に、中野ブロードウェイの中の喫茶店で、ライカと会った。彼女には二人の連れがいた。渡された名刺によれば、一人はフリーカメラマンの荒川義《あらかわよし》幸《ゆき》。もう一人は〈参堂地所開発〉不動産管理企画課課長補佐の渕上昴《ふちがみすばる》。喫茶店の支払いは彼がして、参堂地所宛の領収書をもらっていた。

「変な三人組だったっすよ」

　工藤はしかつめらしく言った。

「ライカはいい年こいて髪の毛ピンクだし、荒川さんも五十過ぎだと思うんすけど、ライカの髪の色とお揃いのマフラーを巻いてて。みんなはコーヒーを頼んだのに、一人だけ生クリームをトッピングした小倉トーストを注文して、お代わりまでしたんすよ。渕上さんの方は紳士服のチラシのモデルみたいで、いかにも会社員って感じ。でもマスクしてたから、顔はよくわからなかったかな」

　その渕上に、その晩十時頃に行くから、三人をこっそり〈旧林田ビル〉に入れてくれと頼まれたのだという。他言無用、上司にも同僚にも内密に。

「なんで夜中に」

　あの寒さを思い出して身震いしながらきくと、工藤も首を傾げて、

「うん。オレも変だと思った。でも、あのビルは〈参堂地所開発〉のものだし、警備を頼んで来たのも参堂だし。参堂の人がそうしたいっていうなら、そうするしかないすよね」

「だけど、そういう話は上を通すもんでしょ。あなた個人に言うんじゃなくて」

「それ聞いたらライカに胸ぐら摑まれて、あんまり他人に知られたくないからこうして

アンタに直接頼んでんでしょうがっ、って怒鳴られた」

帰ろうかと思ったが、渕上に引き止められた。彼はすごい音を立てて鼻をかみながら、もちろん柊警備の上に話は通してある、ビルに入るのは芸術のためだが、警備員まで立てて一般人の出入りを禁じているのに、ライカたちの出入りは認めたとなると、なにかと面倒だ、その面倒は省《はぶ》きたいんだ、と言った。

その説明で納得し、その晩十時頃、派手な髪を黒のニット帽に隠し、ほかも全身黒ずくめのライカと荒川義幸がやってきたので、中に入れた。二人は階段を上がっていき、工藤は一階に残ったのだが、その三十分後、数人の男たちが三台の車に乗って現れた。彼らはビルに入ろうとし、工藤は入れまいとしてもみあいになった。

「あとでわかったんすけど、そいつら〈参堂地所開発〉の社員だったんすよ。車には渕上さんも青い顔して乗ってて、沖田《おきた》部長って呼ばれてる偉そうなのに小突き回されてました。騒ぎの間にライカたちは足場を伝って裏から逃げちゃったみたいで、いなくなってたんすけど、渕上さんがなにもかも喋《しゃべ》っちゃったんでしょうね。巻き添えでオレまで怒られて、その逃げたおまえのイトコを連れてこい、連れてくるまで帰ってくんな、ってビルから叩き出されたんすよ」

工藤強志はおじやを食べ終わり、物欲しげにレンゲを舐《な》めて伸びをした。わたしは思わず声をきつくした。

「で？」

「で、って……クライアントの偉いさんの言うことだし、しょうがないから急いで営業所に戻って着替えて、西武新宿線で最終の準急に間に合ったんで、ここに来たんすけど」

「会社の人にはそのことちゃんと伝えたんでしょうね」

「そりゃ参堂地所の人が言ってくれたでしょ。ともかく、そういうわけだから、ライカが戻ってくるまでここにいるしかないんです。早く帰ってこないすかね」

工藤はけろっとして言った。めまいがした。自分の立場がとんでもなく悪いことに、全然気づいていないのだ。

縁を切っていたイトコが侵入を計画していたビルに、「偶然にも」警備で入っていた。やって来た男たちが参堂地所のものだと名乗らなかったはずはないのに、彼らを足止めし、ライカたちを逃す時間稼ぎをした。会社にはなにも報告せず、連絡にも応じていない。

これが、バカなんすオレ、で片づく問題か。

わたしはコタツ板をどん、とたたいて声を低めた。

「で？　いくらもらったの」

工藤は半笑いを浮かべて目をそらした。

「や、やだな、なんすか突然」

「調べりゃわかることなんだよ。あんたの話は順番が逆でしょ。ライカに命じられて、みんながイヤがる幽霊ビルの警備に自分から希望して入ったんじゃない？　誰もいない夜中に、三人があのビルでなにかしようとしてた、その手引きをするために。なんで？　金をつかまされた？　でなければ、イトコに弱みでもつかまれてた？　たとえば昔は男女の仲だったとか。親の死をきっかけに川越を飛び出したのは、彼女との仲を清算したかったからじゃない？　いくら熱があって楽な格好がしたかったからって、それくらい親しくなければ彼女のジャージを穿いたりしないわよね。どうなのよ」

工藤はつんつるてんのジャージのままコタツから飛び出し、畳に手をついて這いつくばった。

「すんません、あの、楓には黙っといてください。お願いします」

荒川義幸と渕上昴の名刺を出させ、歩いて駅に戻った。荒川の名刺には向島《むこうじま》の住所が載っていた。川越からだと行きづらい。迷ったが、浅草から歩くことにして東武東上線に乗った。池袋で山手線、上野で地下鉄に乗り換えるのだ。

三時を過ぎて車内は混み始めていた。わたしは連結部のドアに寄りかかり、考えごとをした。

工藤とライカの関係は昔のことではなかった。ライカは最近になって再び工藤を誘惑、楓が妊娠しているタイミングもあって、工藤はまんまと罠《わな》にハマった。そのため、あのビルの警備に回してもらえ、こっちの用が済むまで誰も中に入れるな、とライカに命じられて断れなかった。

「でも、ホントにそれだけっす」

　工藤は四つん這いのまま、泣きそうになりながら言った。

「詳しいことは教えてもらえなかったから、三人があの晩ビルでなにをするつもりだったのか知らないんす」

「なにか、金目のものでも持ち出すつもりだったんじゃない？」

　そうでもなければ、仕事納めも済んだ年末の夜更けに、一部上場企業の部長が血相を変え、部下を引き連れてやってきたりはしないだろう。

「さあ。荒川さんが大きな荷物持ってたけど、中身はカメラの機材だと思ってた。そもそもあのビルに、持ち出すようなものあったかなあ」

　それはそうだ。わたしは思い出して、首を振った。〈旧林田ビル〉は散々荒らされていた。金目のものはおろか、カーテンやブラインド、消火器の金具など、普通の廃ビルになら残されていそうなものすら見かけなかった。その手のものも、暴れん坊のヤカラによって残らず歩道に投げ落とされてしまったのだろう。

「ああ、でも」

　工藤は座り直して首をかしげた。

「そう言えばあのとき、ライカが画家の話をしてたな。イグチなんとか……」

「イグチ佳主馬」

「そう、そんな名前。ライカの熱狂ぶりからして相当ハマってるんじゃないすか。イグチは神だって言ってました。神に近づけるなら、どんなことだってするとか……」

電車が和光市駅に停車した。スマホに着信があって、我に返った。警視庁の郡司翔一からだった。ちょうど目の前に空席ができたので、後で折り返すことにし、座ってタブレット端末を取り出し、イグチ佳主馬を検索した。

日系三世のアメリカ人の父親と倉敷出身の母親の間に生まれたイグチ佳主馬は、両親の離婚後、母親に伴われて日本に帰国。高円寺芸大在学中に名だたる賞に輝き、将来を嘱望されたが交通事故に遭い、記憶力に障害が出るなど、精神的に不安定となった。一箇所にとどまれず放浪を続け、高速道路の橋桁《はしげた》、鉄道高架下、駐車場の壁などに無断で絵を描いた。

一九九三年に日本を離れ、ユーラシア大陸を横断。フランスで民家の塀に絵を描いて逮捕されたが、この家は美術評論家ミシェル・ポートリエ宅の隣にあった。当初、イグチの絵は、絵というよりただペンキを吹きつけただけに見えたが、実はそう見えるように一つ一つ細かく描きこんだ点で構成されており、しかもある高さ、ある角度から見ると人の顔が浮かび上がることに気づいてポートリエは驚嘆。それまでのイグチの足跡から十数点の作品を発見し、「イグチの特徴は錯視の技法を用いながら、生命の喜びを大胆な筆致で表現したところにある」云々《うんぬん》と、高く評価した。

ネットにアップされているイグチの作品の画像をチェックした。認められた二年後に亡くなったこともあり、数は少ない。絵の性質が性質だけに、描きかけで追い払われたり、落書きとして消されたりしたのだろう。十年ほど前、島根県の漁村の防波堤にイグチのものらしい絵が見つかったのだが、鑑定もされぬまま放置され、日に焼け波にこすられた。この話は昨年の春頃、ベルギーの車両基地の壁から切り出されたイグチの絵が競売にかけられ、シカゴの美術館に七百万ドルで落札されたというニュースとともに伝えられたのだった。

おいおい。

わたしは〈旧林田ビル〉を思い出そうとした。まさか、イグチがあのビルの壁に絵を描き残していた、なんてことがあるだろうか。あのペンキだらけ、落書きだらけのどこかにイグチの絵が紛れ込んでいた、ということが。だがそう言えば、自殺した〈中野林田菜館〉の「二代目は人がよくて、苦学生や貧乏な芸術家にタダメシ食わせたり、上階に置いてやったりしてた」のだ。

〈旧林田ビル〉には多くの野次馬が入り込み、かなりの数のセルフィーがアップされていた。イグチの熱狂的なファンだったライカなら、その画像の中にイグチの痕跡を見つけた可能性はある。あるいは、ビルの管理を担当していた渕上が気づき、写真を撮ってライカに見せたとか。

いや、そもそもあのビルが幽霊ビルになってしまったのが、イグチの絵のせいだとしたら？　中に入った人の無意識下に錯視による「人の顔」が入り込み、霊が出た、あるいはなにかを見たと思った人間が続出し、さらに二代目の無残な自殺の噂が加わって、〈旧林田ビル〉が心霊スポットになったとすれば、理屈は通る。

川越を出てから一時間ほどで、浅草駅に着いた。観光客や着物姿の初詣客でごった返すなかを歩いていると、また郡司からの着信があった。後で折り返すことにして、言問《こととい》橋《ばし》まで行き、隅田川を渡った。日が落ちて街灯やネオンがきらめき、人々の足取りも早まっていた。それに逆らうようにゆっくりと歩くうち、火照《ほて》っていた頭が冷えてきた。なにを興奮しているのだか。わたしの仕事は工藤ライカを見つけ出すこと。それだけだ。

水戸街道を曲がって向島に入ると、浅草界隈《かいわい》の賑わいが嘘のように消え、人影もまばらになり、街は暗くなった。スカイツリーだけがそびえ立ち、白く輝いていた。仰ぎ見るとその圧迫感は空恐ろしいほどだが、歩いていく道にはホームセンターで売られている安物の正月飾りをつけた住居ばかりが並んでいた。会社帰りらしい女性がスーパーの袋を手に急ぎ足で道をゆき、前と後ろに子どもを乗せた自転車が疾走し、かと思えば右手に一升瓶を持った老人がフラフラしていた。老人は小刻みに前進してはため息をついて立ち止まり、また小刻みに前進した。

荒川義幸の名刺の住所は、五階建てのマンションの四階だった。一階が駐車場、二階から上が住居、ワンフロアに四部屋、漆喰《しっくい》風の白い壁。古めかしい建物だが、これでベランダがスカイツリーの方を向いていれば家賃もはねあがったんだろうな、と思いながら入口に回った。郵便受けで〈荒川フォトオフィス〉の表札を確認し、年代物のエレベーターで四階まで上がった。

チャイムを押して、しばらく待った。なんの反応もないので、もう一度押そうと指を出した途端、がちゃんとドアが開いて、男が現れた。顔はマスク、頭は冷えピタとフード、全身ふわふわしたガウンのようなものに包まれていて、見えているのは充血した目の周りだけだ。

彼は苦しそうに咳き込みながら、なに、と言った。わたしはドアノブに手をかけたまま切り出した。

「突然すみません、フリーカメラマンの荒川義幸さんでいらっしゃいますか。その、わたくし頼まれて工藤ライカさんを探しておりまして」

荒川は大きく目を見開き、咳き込みながらマスクを外した。大きな顔がむき出しになり、唾の飛沫《ひまつ》が舞った。思わず後ずさると、強くドアが引かれた。手がノブから滑り、ドアはがちゃんと閉まった。間髪入れずに鍵のかかる音が響いた。

……え?

ひとり廊下に取り残されて茫然としていると、スマホに着信があった。〈東都総合リサーチ〉の桜井からだった。

「おい葉村、大変だぞ」

桜井は賑やかにがなり立てた。荒川に気を取られつつも、静かなマンション内で大声を出すわけにもいかず、いったん外に出ようと外廊下を歩き出しながら、わたしは小声で嚙みつくように言った。

「すみません桜井さん、いま少し取り込んでて」

桜井は聞こうともせずにますます声を張り上げた。

「だから大変だって言ってるだろ。暮れに、おまえに頼んだ警備のバイト」

「……中野の〈旧林田ビル〉ですか」

「けさ、あのビルで死体が見つかった。女の死体だそうだ」

4

「死体は〈旧林田ビル〉の足場の隙間で見つかったそうです。発見したのはけさ早く、解体工事に来た作業員と聞きました」

わたしはマンションの入口前を往復しながら、公原楓に説明した。

「それが、ライカさんの死体だと」

電話の向こうの楓の声は震えていた。胎教に悪い話だが、報告しないわけにもいかない。

「身元を示すようなものを所持していなかったそうで、断定はできないけど、四十代半ばの女性、服装は黒ずくめ、髪はピンク色に染められていた。工藤くんから聞いたライカさんのスタイルと合致します」

「いや、だって……いつ死んだんですか」

「それはまだわかりません」

司法解剖は明日になると桜井は言っていた。それでも検視はすんでいるだろうに、死亡推定時刻が不明ということは、かなり時間が経っているとみるべきだろう。科学捜査が進んでいるとはいえ、死亡時刻は死体の置かれていた状況によってかなり左右される。あの寒さに放置されていた死体の死亡時期を特定するのは、案外難しいかもしれないな、とわたしは思った。

「いつ死んだかわかんないんですか。そんなの無責任じゃないですか」

公原楓が突然、爆発した。

「私、葉村さんにお願いしましたよね、ライカさんを見つけてくれって。なのに死体ってなんですか。そんな依頼してません。ライカさんを参堂地所の部長のところへ連れていかないと、工藤くんの立場が悪くなるのに」

度重なるストレスに耐えきれなくなったのだろう。まぎれもない八つ当たりだが、それはいいとして、これからさらに困った説明をしなくてはならない。

「そんなことより警察は明日、司法解剖をするそうです。つまり、これは事件だということです」

「……事件？」

しばらくの沈黙の後に、楓がつぶやいた。

「見つかった死体には首を絞められた形跡があった。全身に傷や打撲のあとが見られたとも聞いています。要は殺人ってことですね。警察は〈旧林田ビル〉に出入りした全員と話をしたがるでしょう。ライカさんの身内にも事情を聞くことになる。工藤くんは二重の意味で捜査対象者になったんですよ」

こうなったからには自分から警察に出向き、知るかぎりのことを正直に話したほうがいい、とわたしは付け加えた。警察は柊警備にも、ビルの管理者でもある〈参堂地所開発〉にも話を聞くだろうし、となると、工藤がライカに頼まれてビル内に彼女らを入れた件も筒抜けだ。

「所轄は中野新井署です。わたしもこれから行って、工藤くんのフォローをしておきます。調査の内容を伝えて、こちらから捜査に協力しておけば……」

「そんなのダメよ」

公原楓が再び爆発した。

「なんでわざわざ探偵を雇ったと思ってるの？　カレが無事に会社に戻れるようにするためよ。警察沙汰なんてありえない。私たち、結婚して子どもを産んで育てるの。誰にもジャマさせない。殺人事件なんて私たちには関係ない。そんなもん、葉村さんが解決して」

「……はい？」

「お金はまだありますよね。依頼してから半日くらいしか経ってないんだし。警察がカレのところに来る前に殺人犯を捕まえてください。よろしく。ああ、もう、気分が悪い」

唐突に通話は切れた。わたしはあっけにとられ、立ちすくんだ。殺人犯を捕まえろ？　なんだそれ。

だいたい、仮にすばやく事件が解決したとしても、事情聴取は避けられない。警察はお役所だ。彼らも必要な書類を作らなくてはならないし、そのための権限と強制力を持っている。面倒だし、おそらく不愉快な思いもさせられるだろうが、工藤にとっていちばんいいのは、進んで市民の義務を果たしておくことなのだ。もちろん、わたしにとっても。

だが、依頼人にああ言われてしまっては、調査で知りえた事実についての話を自分から切り出すわけにはいかない。

深呼吸を繰り返し、落ち着いたところで〈東都総合リサーチ〉の桜井に連絡した。警察から〈旧林田ビル〉の直近一週間分の警備状況について問い合わせがあったので、大晦日の警備について警備員本人から話を聞きたいと柊警備が言ってきた、と死体発見の一報時に桜井に言われたのだが、依頼人への報告を優先させてもらったのだ。

厄介なことになった、とさしさわりのない範囲で公原楓の話をすると、桜井は呆れたようにため息をついた。

「なんで葉村はこうも面倒と関わりあうのかねえ」

「なに他人事みたいに。彼女に〈白熊探偵社〉を教えたのは桜井さんでしょ」

最初に警察への問い合わせを依頼されたとき、わたしは彼女に連絡先を教えないまま中野駅に逃げ込んだ。ヒーターの件で桜井と顔見知りになっていた楓が再度わたしと連絡を取ろうと思ったら、当然、桜井に聞く。

「ウチにとって、柊警備は身内みたいなもんだからな。そっからの問い合わせだもの、喜んで教えるよ」

桜井はうそぶき、ため息をついた。

「にしても困ったねえ。〈参堂地所開発〉が大騒ぎしてるらしい。ビルの解体工事の延期も三度目だもんな。ケチがつくにもほどがある。それで柊警備が責められてるんじゃないか。参堂にしてみれば、高い金払ってわざわざ警備員を雇ったのに死体が転がってんだから。なにやってたんだと言いたくもなるわな」

「具体的には参堂の誰が騒いでるの？」

「沖田政二《まさじ》っていう情報管理部の部長だね。今も院政を敷いている参堂の前会長に可愛がられて、社内でもそれなりに権力持ってるんだけど、金に汚いってもっぱらの評判でさ」

「リベートでも要求するの？」

よくある話だとあくびまじりに聞き返すと、桜井は声をひそめた。

「そんなかわいいレベルじゃない。ここだけの話、M資金詐欺に絡んでるんじゃないかって取沙汰されてんだよ」

あくびが引っこんだ。

「M資金……って、まだあんの？」

「クラシックだけど、これが案外、根強くてさ。いまだに被害があるんだよ」

資金繰りに苦慮している会社の社長に、極秘に融資の申し出がある。戦争中、軍部が国民に供出させた貴金属や宝石が、戦後、GHQに押収され、占領下の工作資金となった。これはGHQの経済科学局長だったマーカット少将の頭文字をとってM資金と呼ばれたが、GHQ撤収の際、数兆円規模の資金の一部が対共産主義対策のため、さる高貴な筋に渡った。その方の指示で作られたのが〈ほにゃらら経済研究会〉である。研究会は日本国にとって有益な企業を選抜し、融資を行なうのを使命としている。今回、御社は対象候補の一つに選ばれたが、融資には優先順位がある。もし順位を上げたいとお考えなら……。

「とかなんとか言って、手数料として数百万、数千万を巻き上げる、なあんてのが典型的なM資金詐欺だね。最近じゃGHQ関係なく、謎の巨額資金からの融資話に絡んだ詐欺は、ざっくりまとめてM資金詐欺って呼ばれてるけど」

「へえ。いやでも、そんな話に騙されるなんて」

「あとで聞けば誰だってそう思うだろうけど、詐欺師はうまくやるんだよ。前もって研究会の話を、例えば行きつけの店のホステスから社長に吹き込ませる。業界紙にインタビュー記事を載せたい、と社長に接触して、極秘に融資を受けて会社を立て直した人がいまっせ、という噂話を聞かせておく。業績がV字回復した企業を持ち出したりすると、さらに効果的だよね。そうやって何週間もかけて、いろんな形で下地を作り、やおら、というわけ」

「それで、沖田部長はどんな役目を?」

「あの人、曾祖母《ひいばあ》さんが華族の出だとかで血筋がいいらしいんだよ。宮様と一緒の写真をカモに見せ、口を滑らせたテイでほにゃらら研究会にちらっと言及し、融資話を持ち込む役割の人間と偶然を装ってカモの前で会い、どうもどうもと親しげにして見せる。カモにしてみれば、一部上場企業の部長さんと親しい間柄なのかと詐欺師への信用が高まるんだけど、いざ、詐欺と判明したのちは、どっかのパーティーで会って名刺を交換しただけで、よくは知らない人物です、と空とぼけるわけ」

前回、名前が取りざたされたときも、その手で逮捕は免れたって話だよ、と桜井は話しながらなんだか嬉しそうだった。この類《たぐい》の裏話はみんな好きだ……面白いし、特別感がある。だからこそ「さる高貴な筋」なんて雲をつかむような話で騙されてしまうのだろうが、それはさておき。

「ねえ、ちょっとおかしくない?」

わたしは周囲を気にしながら、桜井に言った。先ほど見かけた一升瓶の老人が、道の途中で立ち止まり、ぽかんと口を開けて空を眺めている。どこかで窓の開く音が聞こえ、誰かが激しく咳き込んでいた。

「そもそも〈旧林田ビル〉なんて、立地は悪くないけど一等地でもない、小さなビルよ。その建て替えなんて、部長が御自ら現地にまで出馬あそばされるほどのプロジェクトでもないでしょ。それにいくら荒らされがちだからって、高い経費を使って空きビルに警備員を置かせるのも、よく考えたらヘンだよね」

「ああ、それはオレも考えた。だけど、てっきり参堂が柊警備に金を回したい事情でもあるのかと思ってさ。ほら、柊のトップは警察庁ＯＢだし」

桜井は言葉を切った。不動産開発業者と警察官僚が裏で仲良し……二時間サスペンスでおなじみのシチュエーションだ。開発業者が官僚に便宜を図ってもらい、見返りとして一見無関係な警備会社に必要もない警備を頼み、警備代金をたっぷりと支払う。その金は数年後、警備会社に再就職した官僚への役員報酬に上乗せされる。

いかにもありそうな話ではあるが、

「もしそうなら、沖田部長が騒いで柊警備の立場を悪くしたりする？」

「うーん。そら確かに、妙ではあるな」

桜井は唸《うな》った。わたしは付け加えた。

「ねえ。この騒ぎが広がったら、大晦日に警備に入ったわたしの責任まで問われそうじゃない。ひょっとしたら、あのときすでに死体はあったのかもしれないんだし。そうなったら、桜井さんにとってもマズいでしょ。だけど、沖田部長の裏事情を知っておけばさ」

なんか手を打てるよね、と仄《ほの》めかしたのを、桜井はまともに受け取った。

「わかった。ちょっと調べてみる。だけど葉村、柊の中野営業所にはちゃんと顔出しておいてくれよ。殺人犯を捕まえてから、とか言ってないで」

「だからできるわけないじゃない、そんなの」

「依頼人に頼まれたら、無茶しそうだからなあ」

桜井は笑いながら通話を終え、わたしもスマホをしまいこんだ。桜井が沖田部長の弱みをうまく、つかんでくれればいいのだが。それと引き換えに、工藤強志の立場を少しはマシなものにできるかもしれない。

それで我に返った。まずは荒川義幸だ。彼にはこれ以上ないほどの門前払いを食らったばかりだが、ライカの死を知れば対応が変わるかもしれない。中野に行く前に、もう一度話を聞かせてもらおう。

あれ、待てよ。

わたしは踏み出しかけた足を止めた。

黒ずくめのライカを工藤が見たのは、三十日の午後十時頃。そのときライカは荒川とビルの上階へと消えた。その後、沖田と部下が駆けつけてきたわけだが、工藤の話を信じるなら、ライカと最後に一緒だったのは荒川ということになり、つまり素直に考えれば殺人犯は荒川義幸……。

いや、そうとはかぎらないか。

荒川は足場を伝って逃げたが、ライカは逃げ遅れ、沖田かその部下たちに捕まって、彼らに殺されたという可能性もある。そうだとすれば、沖田が騒ぎ立てているのも自分たちへの疑いをそらすため、ということで平仄《ひょうそく》はあう。解体業者が来るまで〈旧林田ビル〉に死体を放置し、発見させたのは愚の骨頂だが。

さあ、どっちだ。

これで荒川が逃げ出しでもしたら、ヤツが犯人に決定なんだけどな、と思った途端、スマホに郡司からの着信があった。折り返すのをすっかり忘れていた。この忙しいのに、とは思ったが、なにかの折にはぜひご利用させていただきたい相手だ。

出ようとした瞬間、近くでドスンと音がした。先ほどの老人が、今度は荒川のマンションのベランダの真下の道路を眺めている。わたしはそちらに回りながら老人の視線を追った。

アスファルトに大きなバッグが落ちていた。どこから来たのかとその上を見た。荒川義幸が四階のベランダ脇の雨樋《あまどい》にしがみついていた。大きなリュックを背負い、帽子をかぶり、マスクをして、長いコートを着た姿でぎこちなく足を伸ばし、階下に足がかりを探っている。

危ない、と叫んだときには遅かった。荒川義幸は手を滑らせ、「あああ」と言いながら落下した。

5

「葉村さんもいいトシなんだし、犯罪に関わりあうのはいい加減やめたらどうですか。浮気調査とか家出人調査とか、平和な依頼もあるでしょうに」

郡司翔一は中野新井署の小会議室の机にコーヒーとドーナツを置きながら、呆れ顔で言った。そもそも引き受けたのは家出人調査だったんですっ、と言い返したいところだが、疲労と空腹で声が出なかった。向島近くの交番、隅田向島警察署、中野新井署と場所を移動させられながら、同じ話を何度繰り返させられたことか。

荒川義幸の体は漆喰風の壁にこすれ、さらに途中の出っ張りなどに引っかかって速度が落ちた。しまいには地面に仰向けに倒れたが、背負っていたリュックがクッションになった。それでもさすがに四階からの転落だ。全身を打って身動きも取れない様子だったが、意識はあった。

騒ぎを聞きつけて顔を出した近所の住人に通報を頼み、荒川の顔の近くに膝をついた。ショックでぼうっとしている彼に、声をかけた。

「あなたが工藤ライカさんを殺したんですね」

彼は苦しそうに首を振った。

「違う……黙らせたかっただけだ。ライカは……自分は悪いことはしていない、これは芸術だと出て行こうとしたんだ。引き止めて、足場伝いに無理やり引きずり下ろして逃げたんだが、いうことを聞かなくて、俺のマフラーで……」

「首を絞めた」

「口を押さえたんだ。そのつもりだった。気を取られていて……部長って呼ばれてたヤツが、すごく殺気立ってたから。イグチ佳主馬の件をどこで知ったって、渕上が小突き回されてたし……そしたらライカが本気で暴れ出した。アイツ、イグチの話になると興奮して……近くにいるのに気づかれたらマズい、だから大人しくさせようと力が入って……気づいたらマフラーが彼女の首に……」

息をしていないライカを置き去りに逃げ帰った。どうしていいかわからずにいるうち、具合が悪くなって寝込んでしまった。今日になって突然わたしがやってきて、ライカの名を出した。バレた！　とパニックに陥ってドアを閉め、様子をうかがっていると、わたしがマンションの入口あたりを往復しながら、誰かと電話で話している。その会話に「参堂」という言葉が混じっていた。そこで泡を食ってベランダから逃げ出そうとした……といったところだろう。

サイレンが近づいてきた。荒川が咳き込み、口の中でなにかをつぶやいた。さらに聞き出そうとしたとき、救急車がすぐそばに停車した。救急隊員が降りてきてわたしを押しのけ、テキパキと作業を始めた。首を固定し、リュックを外して荒川の体をストレッチャーに移し、血圧を測り、救急病院に連絡する。

その訓練されたムダのない動作のジャマにならぬよう、少し離れたところへ移動したりしてから、公原楓に連絡した。

「殺人犯がわかりましたよ」

「……もう？」

楓は絶句した。ストレスと妊婦のホルモンの影響で頭に血がのぼり、思わず口走った依頼だ、まさか実現するとは思っていなかったのだろう。気持ちはわかる。わたしも殺人犯を押さえられるだなんて、思ってもみなかった。

事情を説明し、今度こそ警察の聴取に協力する、と告げた。工藤にも中野新井署に来てもらう。このタイミングで出ていかないと、彼の立場はさらに悪くなるので。いいですね。

楓が返事を思いつく前に通話を切り、工藤に連絡をとった。彼はライカの死を知らされていなかった。さすがにショックを受けたようだが、実感がないのだろう。すぐ中野新井署に来てイトコの身元確認をしろと言うと、面倒がった。

「明日じゃダメっすか。もう暗いし。寒いし。遠いし。風邪治ってないし」

合間に何かをすすりこむような音がした。食器が触れ合い、テレビのものらしいワザとらしい笑い声、ありがとうございました、という女性の声。

「……ラーメン屋に出向く体力があるなら大丈夫でしょ」

「食べなきゃ治らないからムリしたんすよ。やっぱ風邪にはニンニク入りの熱いラーメンだよね」

工藤は咀嚼《そしゃく》しながら能天気に言った。頭に血が上った。考えてみたら、こっちは昼も食べていないのだ。

「ガタガタ言わずに出てきなさい。でないと、あんたとライカの関係バラすよ」

「ええっ。言わないって約束したじゃないすか。オレ土下座までしたのにさ。楓、妊娠中なんすよ。傷つけたくない。探偵って守秘義務があるっしょ」

「楓さんには黙っとくと約束した。相手が法執行機関なら話は別。ちなみに警察が楓さんにしゃべるかどうか、わたしは関知しません。それがイヤなら」

「あの、オレ、すぐ行きます」

最初からこの手を使えばよかった、と通話を終えながらわたしは思った。工藤は楓を大切にしている。病気をうつさないように、心配させないように、気を配っている。とはいえ鈍い男だ。たぶん、楓はとっくに気づいている。

警察への問い合わせを頼みに来たとき、工藤が消える心当たりのなかった楓は呪いの心配までしていた。なのに工藤の捜索の依頼に来たときには、呪いの「の」の字も出なかった。おそらく彼女は三が日の間に工藤の荷物を調べ、彼とライカの関係をうかがわせるものを見つけた。工藤が電話にも出ないのは年上のイトコと一緒にいるからでは、そう思ったのだ。

自分で探さず探偵を雇ったのは、二人が一緒にいるところに飛び込んでしまい、結婚をダメにしたくなかったからだろう。ライカの死を聞いてあんなキレ方をしたのも、なにがなんだかわからなくなったから。あるいは、工藤を疑ってしまったからだ……。

郡司が持ってきたドーナツは甘く、トランス脂肪酸の臭いがした。血糖値がロケット並みに急上昇しそうだが、食べ始めたら止まらなかった。またたくまに二つ平らげて、指についた砂糖を舐め取りながら時計を見た。朝八時を過ぎていた。午前四時頃までは記憶があったが、そこから先は覚えていない。この会議室の机に突っ伏して眠ってしまったのだ。

ようやく声が出るようになって、ドーナツの礼を言った。郡司は当然のような顔で、じゃ、私も今回の件の話を聞かせてもらいましょうか、と言った。気絶しそうになったが、抵抗する元気はない。また一から話をした。郡司はコーヒーを飲みながら黙って聞き、終わるとドーナツをもう一つ勧めてくれた。エサにつられて芸をするアシカの気持ちがよくわかった。

「頸椎や脊椎に損傷が見られるとかで、荒川義幸のケガも軽くはありませんでしたが、命に別状はないようですよ」

ドーナツをむさぼるわたしに、郡司は言った。工藤強志の聴取はすんで、彼はもう帰された。警備会社の営業所に寄ってみると言っていたそうだ。荒川は午後にも入院先で聴取される。おそらく数日のうちに、逮捕ということになるだろう。

「それにしても解《げ》せないのは、荒川と工藤ライカはなんのために〈旧林田ビル〉に潜り込んだのかってことですね。なにかイグチ佳主馬と関係があるってことでしたけど、葉村さんはどう思います？」

わたしは当初、あのビルにイグチ佳主馬の作品が残っていて、彼らはそれを盗み出しに行ったのだと思っていた。〈参堂地所開発〉の沖田部長は作品の存在に気づいた上で内密にし、部外者の侵入を防ぐために警備員を置くことまでしていた。渕上昴はその話を聞きつけ、作品の横取りを目論《もくろ》んだ。ネットでイグチを検索し、ライカがイグチの大ファンと知り、彼女ならイグチの作品の真贋を鑑定できると考えて、ライカと彼女の恋人である荒川義幸を仲間に引き込んだ……そんなことが起きていたのだと。

だが、考えてみれば、たとえ作品があったとしても、建築物に直接残された作品をライカたちだけで取り出すのは不可能だ。彼らは建築作業員ではないし、重機だって必要だ。夜更けに壁を壊し始めたら、ものすごい音がして周囲の注意も引いてしまう。

「それに、ライカの画像を山ほど見たけど、彼女の興味はなによりも自分自身にあると思った。もちろん、イグチ佳主馬の熱狂的なファンでもあったけど。仮に、あのビルがイグチゆかりとわかったら、彼女ならどうするか」

わたしはコートのポケットからメモリーカードを取り出し、郡司に渡した。

「荒川のカメラに入ってた」

「……盗んだんですか」

「落下のショックで壊れていないか、確認してあげたくてカメラを見たの。幸いカメラは無事で、画像を見ることができた。で、データを預かってあげたわけ」

荒川が救急隊員に必要な処置を受けている間に、リュックをジャマにならないような場所に移した。そのとき調査員のサガ……いや親切心が発動したのだ。

郡司はわたしとメモリーカードを見比べていたが、やがて無言でパソコンを取り出し、メモリーカードの中身を開いた。画像が入っていた。何枚か開き、郡司は慌ててパソコンを閉じた。警察官のわりに純情な男なのだ。

「あきれましたね」

ややあって郡司は赤くなった顔をこすりあげた。

「十二月三十日の夜中ですよ。裸で寒くなかったんですかね」

「寒かったでしょうよ」

わたしは力を込めて言った。寒くなかったはずがない。だがライカはむしろその試練に陶酔したのではなかったか。極端な行動で神に近づこうとする人間は古来、珍しくもない。ライカは常識からはみ出した、いやはみ出してみせた人間だった。一回り年下のイトコと寝て、叔父叔母の入院費を掠め取って、髪や目の色を変え、意外な場所でヌードになる。わかりやすい「非常識」を演じて、何者かになろうともがいていたのかもしれない。

神のためなら自分はなんでもする……。

「芸術家ってのはよくわかりませんね」

「わたしが解《げ》せないのは、むしろ参堂の沖田の方だけどね。イグチ佳主馬の作品があのビルにあるって、彼は本気で思ってるの？」

郡司はくしゃみをして、目をそらした。

「あのですね、工藤とライカとその殺人犯を見つけて、あなたの仕事は終わりましたよね。これ以上、余計なことに首を突っ込まないほうがいいですよ」

「……は？」

「知ってます？　参堂地所に渕上っていう課長補佐がいたんですけど、暮れから行方不明なんですよ。どこに行ったか、誰も知りません。噂じゃ沖田部長と一緒のところを見られたのが最後、ってことらしいですね」

わたしは郡司をにらみつけた。いまさらだが、コイツ、さっき一度わたしの話を聞いただけにしては、今回の件について詳しすぎる。荒川と工藤ライカのことにすんなり話を持って行ったあたりで疑問に思うべきだったのだが、そこまで頭が回らなかったのだ。

「そういやアンタ、わたしに用があったんだよね。それで何度も電話をくれた。それって今回の件がらみだよね。まだ折り返してないのに、そっちからここに、中野新井署にやってきたんだから。どういうこと？　もしかして、元日にわたしが消息のチェックを頼んだ工藤強志の名前に気づいた？　今回の件に絡んでるなら、工藤のことをいろいろ知りたいよね。だから連絡してきたわけ？　ああ、そういや郡司さん、年末年始は捜査二課の応援に入ってるって言ってたね。二課といえば汚職に詐欺……沖田政二って参堂の部長は、Ｍ資金詐欺で名前が出たことがあったんだっけ」

「ストップ」

郡司は椅子から飛び上がった。

「だから、余計なこと考えないでください。いいですね、お願いしますよ」

6

異論があるかもしれないが、わたしは本来、謙虚な人間だ。理不尽な命令に従う気はないが、お願いされれば話は別だ。この仕事を長くやって、好奇心が殺した猫をたくさん見てもきた。お呼びでないのに首を突っ込んで、いいことなどまったくない。郡司の言う通り、わたしの仕事は終わったのだ。わたしは経費を計算し、領収書と明細書をつけた残金を公原楓に送った。

それからしばらくして、春一番が吹いた頃、ある詐欺グループが検挙されたというニュースが報じられた。

手口はこうだ。未確認のイグチ佳主馬の作品を発見した、という話がカモの元に持ち込まれる。詐欺師はパソコンで空きビルの内部の写真を見せる。写真にはイグチの作品が合成ではめ込まれているが、とてもよくできていて落書きの中にしっくりと収まり、ホンモノに見える。

作品が見つかって、実はビルのオーナーが困っている。ビルは相続したばかりで解体も決まっていた。イグチの作品があることは税務署には知られたくない。解体と運搬の費用を負担してくれるなら、作品を無償で譲りたいというのだが……。

ある会社役員は問題のビルを見に行き、空きビルなのに警備員が配置されていることを遠目に知って、だから本当の話と思い込んだ結果、七千八百万円を騙し取られた。他にも被害者がいるらしく、被害総額は三億とも五億とも言われている。週刊誌によれば、この件にはテレビでコメンテイターを務めたこともある美術評論家や、大手不動産開発会社の部長などが絡んでいるらしい。

その記事が出てまもなく、〈東都総合リサーチ〉の桜井肇から連絡があった。沖田政二の逮捕は見送られたらしいぜ、と彼は言った。のらりくらりとまた疑惑をかわしたのかと思ったが、違った。沖田部長は年末から正月にかけてインフルエンザにかかり、いったんは治りかけたがさらに肺炎を起こし、今も入院中で聴取に応じられるような状態ではないそうだ。

「子どもじゃあるまいし、大の男がそこまでインフルエンザを悪化させるなんて珍しいよなあ。やっぱり幽霊ビルの呪いかね」

桜井は面白そうに言ったが、工藤ライカは殺され、渕上昴は行方不明、荒川義幸は殺人犯となって大ケガを負った。インフルエンザに倒れた工藤強志はクビこそ免れたものの、噂では中野営業所からまた川越に異動になった。〈旧林田ビル〉の解体はまた見送られ、足場とシートに包まれたまま早稲田通りに今も立っている。

あれだけウィルスにさらされながら、わたしは発症しなかったが、このところ〈白熊探偵社〉への調査の依頼はまたぱったりと途絶えている。これが呪いのせいなのかどうかは、もちろんさだかではない。

逃げだした時刻表

1

オレンジ色のものがふわふわと動いていた。

なんだろう……。

目を瞬《またた》いた。うまくピントがあっていない。視界も、脳みそも。

なんだか寒かった。顔も冷たい。体を縮めて足を伸ばした。埃《ほこり》っぽい臭いがした。床に直接寝ていることに気がついた。

床に？　あれ、なんで？

考えようとすると、眠気が襲ってきた。頭が重かった。こんなところでまずい、と思う反面、ま、いいかとも思った。疲れてんだしな。ちょっとだけなら、寝たっていいじゃないの。ちょっとだけなら……。

耳元で凄まじい雄叫《おたけ》びがし、続いてパシパシと頭を殴られた。うわっ、と目を開けた。オレンジ色のトラ猫が牙をむき出し、肉球をこちらに見せて、もう一回殴ったるわ、とでもいうように身がまえていた。それを避け、頭をもたげた。首筋が火傷《やけど》をしたようにヒリヒリと痛い。ぼうっと周囲を見回した。見覚えのある本棚、見覚えのある床のタイル、見覚えのあるレジ……。
不意に恐怖が襲ってきた。頭の中に深い霧が立ち込めている。なぜわたしは店の床で寝ていたんだろう。思い出せない。なにがあった？

震えながらゆっくり立ち上がり、よろけてレジカウンターに手をついた。落ち着け、と自分に言い聞かせ、深く息を吐いて、吸った。何度か深呼吸を繰り返すうちに、心拍が落ち着いてきた。

焦ることはない、なにがあったか最初から思い出そう。思い出せるところから、ゆっくりと。まずは名前から……。


わたしの名は……葉村晶。国籍・日本、性別・女。吉祥寺にあるミステリ専門書店〈MURDER BEAR BOOKSHOP〉の店員にして、この書店が半ば冗談で公安委員会に届出をした〈白熊探偵社〉に所属する、ただ一人の調査員でもある。

探偵社の事務所にしていた店舗二階の一室に、わずかな家財道具ともども転がり込み、書店の住み込み探偵になってしまって数ヶ月。もともと人使いの荒かったオーナー店長・富山泰之だが、これでさらにわたしの使い勝手がよくなったことに気づいたらしい。やれ古本の買取だ倉庫の整理だイベントの手配だと、本来の業務の負担を大幅に増やしてくれたのは、まあ、いいとして、最近では、

「角田《つのだ》港大《こうだい》先生にバレンタイン・チョコを送って、ついでに東急の地下で諏訪の大社煎

餅を買ってきてください。私の好物なんです」

「ある作品の文庫解説を頼まれたんですが、これが気絶するほどつまんなくて。代わりに読んであらすじをまとめといてもらえませんか」

「井の頭公園の花見の場所取りをお願いします。カミさんに頼まれたんですが、私、腰痛がひどくて」

などと、富山の個人的なお使いに忙殺されるようになった。

調査仕事の依頼は絶えて久しく、無料奉仕でこき使われ、よそでバイトをする時間も取れず、貯金は目減りしていく。事務所にタダで住み込むのを快く認めてくれた恩を忘れたわけではなかったが、花冷えの日に三時間も場所取りをさせられた挙句、あ、花見の日にち間違えてました、あはは、で片づけられたわたしは、桜の森の満開の下、切れた電話に向かって怒鳴り散らした。

「こら、とやま〜っ。おまえなんか、しばらく動けなくなってしまえ〜っ」

ところがその直後、富山さんは中央線の車内で猛烈な腹痛に襲われ、救急車で最寄りのエマソン会新宿第二病院に運ばれた。診断は胆嚢炎《たんのうえん》、絶食して点滴を受けつつ、炎症が収まるまで入院することとなった。

命に関わる病気ではなく、願い通り富山は当分の間、動けなくなった。めでたしめでたし。……の、わけがない。痛みの引いた富山がおとなしく横たわっているはずもなく、『ナポレオン・ソロ　恐怖の逃亡作戦』を持ってきてくれ、次はホワイトヘッドの『犯罪世界地図』をとってきてくれ、との連絡がひっきりなしに入るようになり、わたしは罪悪感から突っぱねられず、店と病院を日に何往復もする羽目に陥った。人を呪わば穴二つとは、昔の人はうまいこと言ったものである。

その日も「春はあけぼの」めいた時刻に富山から着信があった。寝てるとこ起こしちゃすまないし用件だけメールで入れておこう、などと気の回る人ではないから、相手が出るまで何回でも電話をかけ倒す。健気なスマホが振動に耐え続けるのを無視して貪《むさぼ》るには、春眠は儚《はかな》い。わたしはしぶしぶ布団から這《は》い出した。

「あ、起きてましたか」

電話の向こうで富山が言った。わたしの血圧が急上昇し、血管があちこち詰まっては裂ける様がまざまざと思い浮かんだ。

「起きてるわけない、起こされたんですっ」

「健康な人はよく眠れていいですね。私、寝つきはいいんですが、朝早くに目が覚めちゃって。早朝覚醒といってこれも睡眠障害の一種なんだそうです。真冬にも風邪ひとつひかない葉村さんにはこんな苦労、ご理解いただけないとは思いますが。でも、早起きするといいアイディアが浮かんできます。ゴールデンウィークのイベントは〈鉄道ミステリ・フェア〉だと思いつきました」

富山に抗議して報われた例《ためし》はない。わたしは力なく相槌《あいづち》を打った。

「……はあ」

「鉄道モノは客の食いつきがいいですからね。それにホームズからクリスティー、クロフツ、鮎川哲也、神岡武一《かみおかぶいち》、辻真先、島田荘司、有栖川有栖、霞流一、山本巧次と、店にある本だけ集めてもかなりの品揃えになります。倉庫の奥にNゲージの鉄道模型と線路一式があるから、本の合間に鉄道模型を走らせましょう。フィギュアを使って事件現場を作ってもオシャレですよね」

「あの、それって〈西村京太郎記念館〉の鉄道ジオラマのパクリ……」

「もちろん、マニアにも喜ばれる本を集めないと。ミステリマガジンの鉄道ミステリ特集、読んで勉強しておいてください。あの特集、映像関係は特に役に立ちますよ。『大陸横断超特急』『大列車強盗』『バルカン超特急』『カサンドラ・クロス』『見知らぬ乗客』……原作や関連書籍とＤＶＤを一緒に展示すれば、なお充実させられますね」

「はあ」

富山は気のない反応など気にも留めずに続けた。

「残念ながら、フェアの目玉はまだ思いつけていません。高倉健が主演した日本映画の『新幹線大爆破』をイギリスで小説化した〝BULLET TRAIN〟とか、講談社文庫の『世界鉄道推理傑作選』や〝Macabre Railway Stories〟といったアンソロジーもいける。ドイツでドラマ化されて、ドイツでしか出版されてないジョン・ル・カレの戯曲〝ENDSTATION〟も知られてませんよね。あと、ドナルド・E・ウェストレイクの未訳作品で、アフリカでコーヒー豆運搬用の列車をジャックする〝KAHAWA〟もキャッチーだとは思うんですが……なんだか物足りない。売り物でなくても、マニアなら一度は見ておきたいような、これという客寄せを探し出さないと」

では、準備はよろしく、と作業を丸投げして富山は電話を切った。三日後、店のＳＮＳは「ゴールデンウィークに〈鉄道ミステリ・フェア〉開催」と華々しく謳《うた》っていた。

勝手なんだからと思わなくもなかったが、さすが人気雑誌の編集長を長く務めていただけあって、富山の目の付け所は間違っていなかった。反応は早く、かなりの盛り上がりをみせ、常連客からの問い合わせも多かった。ゴールデンウィークなら行けるかも、と遠方から連絡をくれる客もいて、〈鉄道ミステリ・フェア〉は〈MURDER BEAR BOOKSHOP〉久々のヒットになりそうな予感がした。

そうなると、わたしだって準備に力が入る。退院はしたものの自宅で療養中の富山の代わりに、倉庫から鉄道ミステリ本やＤＶＤをかき集め、リストを作って富山に送り、あの作品やこの作品が入っていませんという富山のクレームに対応し、胃薬を飲む。電車模型を出して状態を確認し、フィギュアで殺人現場を作り、写真を撮って富山に送り、血糊多めという富山の要望に対応し、胃薬を飲む。鉄道ミステリ・トークショーをお願いした作家に連絡を取り、ネットで作家の好物を調べて当日のお茶受けを決め、謝礼用のピン札と熨斗袋《のしぶくろ》を準備する。昼夜の別なく襲ってくる富山からの電話に対応し、胃薬を飲む。忙しさのあまり看板猫の食事を忘れ、猫パンチを食らう……。

フェアの前にも木曜日から日曜日までは店を開けるし、ネットから注文も入る。銀行や郵便局にも行かなくてはならず、富山に頼まれて展示用の本を持ってきた好事家や、フェアが始まる前に本を見せろと迫る厚かましい客にも対応しなくてはならない。ようやく準備が終わったのは、フェア開始当日のお昼過ぎだった。約一ヶ月ぶりに店に出てきた富山は飾りつけられた店内をゆっくりと見て回り、やがて大きくうなずいて言った。

「この本の置き場所、ダメですね」

「……どれですか」

まずは一言ねぎらったらどうなんだ、と思いつつ、徹夜続きによるあくびをかみ殺しながら聞くと、富山はレジカウンターの下のガラスケースを指さした。

「箕輪《みのわ》さんに貸してもらったコレですよ。今回のフェアの目玉です」

それはサンドベージュ色で辞書ほどの大きさの、古い洋書だった。表紙には黒いインクで〝THE ABC RAILWAY GUIDE〟とある。

アガサ・クリスティーの『ABC殺人事件』に登場するイギリスの鉄道時刻表として、ミステリファンにもお馴染みだ。だが、古いものでもネット書店で安く購入できるし、これは表紙のBの字の真下に直径一センチ、深さ二センチほどの黒ずんだ丸い穴が開き、本自体歪《ゆが》んでいる。状態からいえばCクラス、古書としての値段などつかない。

「このABC時刻表は特別なんですよ」

富山は嬉しそうに言い出した。

「神岡武一が一九六九年敢行した世界一周旅行の途中、ロンドンのチャリング・クロ

ス街

年でもあ

ます」

神岡武一は東大卒

の後は定職につかず、雑誌に写真や

歳のとき、彼の骨太な文章に目をつけた編集者の勧めで冒険小説

した。二十九

と大胆な構成が高く評価され、名だたる大衆文学賞を受賞して、一躍人気作家となった。

だが次々に女性問題を起こし、世界一周に出かけたのもそのトラブルから逃げ出すためだった。

「帰国して数ヶ月後、かの〈九四式事件〉が起こります。二人の愛人が自宅で鉢合わせし、逆上した愛人のひとり野《の》川《がわ》ヤスノがその場にあった拳銃を振り回して神岡を書斎に追いつめ、撃っちゃった。神岡はアメリカで銃器にハマり、帰国後知り合いを通じて、元兵士が戦地から持ち帰った九四式拳銃を譲ってもらったんですが、銃に八ミリ南部弾一発が装塡されたままだったんですね。弾は神岡の肩と書斎の本棚の板、数冊の本を貫通したそうです」

「待ってください。まさかこの穴……」

「そう。着弾したのが、まさにこのＡＢＣ時刻表だったんですよ」

わたしはうなった。事件はのちに公になり、神岡は銃刀法違反で逮捕された。そのと

き取り調べを担当した刑事との雑談からヒントを得て、鉄道にまつわる連続事件を親子三代の警察官が追う『終着駅遠遠し《とおどお》』を書いた。これは二十八ヶ国語に翻訳され、日本はもちろんイタリアやロシアでも映画化された。

一方、その取り調べで神岡は、銃入手の関係者や、事件当時、神岡に懇願され内密で手当てをした鈴木《すずき》勝利《かつとし》医師、居合わせたもう一人の愛人・倉野《くらの》マホ子らについて、かばうことなくペラペラ自白。この行為は後に腰抜けと非難され、信用も失い、彼は酒に溺れるようになった。数年後、神岡は列車に轢《ひ》かれて死亡した。酔っ払った末の事故とも、孤独に耐えかねた自殺とも言われている。

つまり、このABC時刻表は、神岡武一の栄光と死の象徴ともいえるお宝というわけだが、

「いったい、誰からどうやって手に入れたんですか」

「箕輪重光《しげみつ》さんは珍本のコレクターでしてね。今の肩書きは松尾《まつお》グループ企業の役員ですが、そもそもが、いわゆる高等遊民的なお金持ちなんです」

忙しさに吹っ飛んでいた記憶が蘇った。三日前、箕輪と名乗る か、富山
に頼まれたからとこの時刻表を店まで届けてくれた トに履き込ん
だオックスフォード、老舗《しにせ》のおぼっち 黒檀《こくたん》のステッキ。
ハイヤーを待たせているか 流行りのセレブとは、
違った富と階級 一味

「一度、蔵書を見せてもらったことがありますが、すごいコレクションでしたよ。紙もインクも黒い本とか、表紙に手鏡をはめ込んだ本とか、本物の海苔で装丁した海苔の本とか、表紙に黒蜥蜴《くろとかげ》の革を貼った三島由紀夫の『黒蜥蜴』とかね。そういうのを集めていると噂が流れて、古書店や個人から直接連絡が来るのだとか。もっともインチキも多いそうですが」

　自称・古本屋が、表紙がズタズタの〈漱石の旧蔵書〉とやらを「モデルになった猫が爪を研いだ本」だと、まことしやかに売りつけに来るようなことがあるそうです、と富山は笑いながら言った。

「そんなのに引っかかったら、企業の役員失格でしょうね。でも、この時刻表には神岡武一の蔵書票がついてます」

　富山はカウンターに回り、ガラスケースの鍵を開けると、時刻表を出して裏表紙を開いた。名刺大の和紙が貼りつけられていた。ＳＬの木版画の上に民芸文字で〈武一蔵書〉とあり、下の余白にはブルーブラックのインクで69.7.28と神経質な細字で記されていた。

「実は私、出版社を定年退職した十年前に一年間、世田谷の〈松尾蒐書館《しゅうしょかん》〉で非常勤顧問を務めたことがありましてね。そのとき、神岡武一の蔵書や遺品を〈蒐書館〉で引き受けたんです。神岡の蔵書票はこれと同じ、版画家の南保徳《みなみやすのり》に特注したＳＬだった。数字も神岡の字と似ています。秋には〈蒐書館〉で神岡の特別展が開かれるから、タイムリーだと思って箕輪さんに無理言って借りたんですよ。もっと目立つところに展示しましょう」

上段の中央にスペースを作り、ABC時刻表に「神岡武一旧蔵書　非売品」という札をつけ、表紙の穴と背表紙裏の蔵書票、どちらも見えるように鏡を使って飾った。富山が写真を撮って来歴とともにSNSにアップすると、時刻表は来店客の注目を集め、画像が拡散した。すごい、なんとか譲ってもらえないか、いったい誰の持ち物なんだという書き込みや、だけどこんなのいくらになるんだ、と話題にもなった。おかげで店にあった神岡武一の著作は完売、それもあってかゴールデンウィークの前半戦の三日間は、予想を上回る売り上げを記録した。

月曜は店も休みだったので、わたしは昼すぎまで寝て、午後になって古本の在庫を補充しに出かけた。疲れが全身に重だるく残っていたが気分は爽快で、新古書店の百均コーナーで神岡をはじめ、鉄道ミステリの掘り出し物を何冊も見つけた。

翌日からまた連休が続くので、この日にも休みを取った勤め人が多かったのだろう、街は混んでいた。久しぶりに外食でもと思っていたのをやめ、代わりに駅ビルで食料品を、いつもより景気良く買った。

よく晴れて乾燥した五月にしては暑い日だった。自分へのご褒美と言い訳しながら途中のコンビニでソーダ味のガリガリ君を買い、溶ける前にと急いだので、三時前には帰り着いた。食料品の入ったエコバッグを階段に置き、仕入れた本は店に置いておこうと、ショルダーバッグから出した鍵で店のドアを開けた。そのまま中に入り……

記憶はそこで、鉈《なた》で切ったように、ちょん切れていた。

生唾《なまつば》を飲み込んで店内を見回した。本棚も鉄道模型も違和感なく昨日のまま。鍵とバッグは床に落ちていたが、財布もスマホも無事だった。

どういうことだ？　なぜ床で寝てた？　まさか、なんかの病気？

持病があるわけでも気になる症状があるわけでもないが、四十代半ば過ぎというお年頃だ。なにが起きても不思議ではない。仕事柄、ケガは多いしフェアの準備で疲労がたまってもいた。そういや血管が裂けたかと思うような目にも遭わされた。それでついに脳が限界を超え、ブラックアウトしたとか？

看板猫が空腹を訴えてしきりと鳴いた。わたしは我に返って猫を見下ろし、ようやく気がついた。レジカウンターのガラスケースからＡＢＣ時刻表が消えていた。

2

「盗まれた？　お貸しした時刻表がですか」

箕輪重光の端正で上品な面高《おもだか》の顔が、みるみる険しくなった。わたしはあげかけた頭を再び下げた。

「はい。そうなります」

「どういうことですか。富山くんは？　なぜ一緒ではないんですか」

「お怒りはごもっともですが、まずはわたしから事情をご説明させていただきたく、急ぎ参上致しました」

箕輪の家、いや邸宅は駒場東大前駅から徒歩数分、掛け値なしの豪邸が立ち並ぶ一角にあった。敷地面積五百坪、築約二十五年といったところか。味のある手焼きレンガの塀に鉄の門。遅咲きの八重桜の盛りがすぎて、風が吹くたび日が落ちてまもない庭は淡紅にかすんだ。

わたしは門から直接、庭に突き出たサンルームへと通されたのだった。白いお仕着せをパリッと着たメイドが案内してくれていれば、ロサンジェルスの私立探偵気分を味わえたかもしれないが、現れたのは娘だという、箕輪によく似た中年女性だった。とはいえサンルームはなかなかの代物《しろもの》で、柱も床も白く、ウツボカズラやバナナ、ブーゲンビリアといった熱帯性の植物が生い茂り、黒い籐の枠にパイナップル柄のクッションをはめたリゾート風のソファがゆったりと置かれていた。

箕輪はそのソファでくつろぎ、常夏《とこなつ》の世界から年に一度の桜を愛《め》でつつ、夕食後の葉巻をくゆらせているところだった。その優雅なひとときがわたしの来訪で台無しにされたのだ。余計に腹も立とう。

とはいえ、怒っているのは箕輪だけではない。

時刻表がなくなっているのに気づいてすぐ、わたしは時間を確かめた。三時七分だった。店に着いたのが三時少し前だったから、意識を失っていたのはほんの十分ほどということになる。

レジカウンターの裏に回り込んだ。レジはそのまま、レジの背後の本棚に並べられている稀覯本《きこうぼん》も無事、パソコンも手つかず。だが、カウンター下のガラスケースの扉がこじ開けられ、周囲にガラスの破片が飛び散っていた。

人気鉄道ミステリ作家のサイン本や直筆原稿、オリエント急行の鉄道模型を出し、ガラスの破片を払い落とした。どれにも破損はなさそうだ。

特に『オリエント急行と文学』のセットが無事でホッとした。佐々木桔梗《ささききききょう》という孤高のビブリオマニアの著書で、ほぼ同じ内容なのだがソフトカバーの寝台車本、食堂車本、そしてサロン車本と三種類の特別装丁本がある。切手や切符がおまけでついていたり、アクリル製の箱に入っていたりと凝っているのだが、中でも限定百三十一部のサロン車本の表紙内にはボールベアリングを仕込んであって、振るとシュッシュッと汽車が走るような音が鳴る。フェア最終日に行われる競売に三種類がセットで出品される予定で、すでに数名の常連から問い合わせがきていた。

店内を再度、確認して回ったが、異常はなかった。飾りつけた本や線路、フィギュアも元のまま。多少なりとも金目のものでなくなっているのは、神岡武一のＡＢＣ時刻表だけだ。

「警察に連絡し、被害届を提出しました」

口を引き結んでいる箕輪に、わたしはまだヒリヒリしている首筋を見せた。

「スタンガンを押し当てられた痕だと言われました。わたしが店に入ろうとした瞬間、何者かがスタンガンで背後から襲った、その悪質な犯行の証拠です。盗まれたのが古い本一冊だけということで、当初は警察の関心も薄かったのですが、これで強盗事件に格上げされました」

「まあ、それは大変でしたわね。ねえ、お父様」

銀の盆を掲げてやってきた箕輪の娘が、流れるような所作でティーカップをセットしながら気の毒そうに言った。箕輪は仏頂面で鼻を鳴らした。

「強盗に格上げと言ったところで、警察が本腰を入れて捜査するとは思えませんな。近所で他にも同じような事件が起きているのなら話は別だが、そうでなければ、おたくの書店かあなた個人への嫌がらせで片づける。まして、あの時刻表を探してくれるわけでもないでしょう」

「でしたら、お父様がどなたかに口をきいてさしあげたらよろしいじゃありませんか」

重そうな銀のポットを優雅に持ち上げ、片手で注ぎながら娘が言った。

「警察庁の三峰《みつみね》さんは？　でなければ有働《うどう》さん。現役の課長さんでしょう。連絡先知ってますよ。かけましょうか」

スマホを取り出そうとする娘に、箕輪は刺々《とげとげ》しく言った。

「あんな若造に頼みごとなどする気はない。いいから余計な口出しせずに帰れ、史子《あやこ》。こっちは一人で大丈夫だから」

「はいはい。だけど、お父様が値のつけられない宝物だって、孫にまで自慢してらっしゃる蔵書の一冊なんでしょ。取り返して欲しいんなら頭くらいお下げなさいな、減るもんじゃなし」

どうぞごゆっくり、とにこやかに出ていく史子を見送って、箕輪は言った。

「〈九四式事件〉はご存知ですね。神岡は、事件の後始末を幼馴染だった鈴木勝利医師に任せたと自白し、彼も取り調べを受けた。それで悪評が立ち、開業したばかりの鈴木医院は大損害を被った。でも医師本人は亡くなるまで、神岡の形見だからと、後始末のために持って帰った穴の開いたABC時刻表を大切に飾っていたそうです。その話を耳にして私は興奮し、神岡武一に詳しい出入りの古本屋に入手を依頼しました。自宅に届いたときには天にも昇る心地だった」

箕輪は憤懣《ふんまん》やるかたないを絵に描いたような顔でわたしをにらみつけた。

「富山くんはアレをゴールデンウィークの間だけ貸して欲しいと言ったんですよ。好事家の目を引くが高価ではないし、店の鍵はピッキングの難しいラブスン錠だし、店員は有能な探偵だ、安心してくれと。それで貸し出したのに……その有能な探偵さんというのが、あなたですか」

「有能かどうかはともかく探偵ですし、やられっぱなしというわけにはいきません。あの時刻表は取り返します。絶対に」

わたしはバッグからタブレット端末を取り出した。

「金目のものでなくなっていたのはＡＢＣ時刻表だけでしたが、もう一つ、わたしが帰宅直前に買ってエコバッグの一番上にあったアイスキャンデーも消えていました。今日は日中暑かったし、犯行後に喉の渇いた犯人がくすねたのかもしれない。そう思って警察が帰ったあと、ご近所から防犯カメラ映像を借りました」

うちの店から繁華街へ向かう道の途中に、須藤明子《すどうあきこ》というご近所さんの書道教室がある。教室脇の駐輪場から生徒の自転車が何度か盗まれたので、警備会社と契約することになり、わたしが〈柊《ひいらぎ》警備ＳＳ〉を紹介したのだ。

映像を呼び出した。十五時五分十七秒、書道教室前の道に二十代前半と思われる、リュックを背負った若い男が現れた。最新式のカメラで撮られた映像はオール天然色で、ガリガリ君のブルーが美しい。拡大するとその若い男の端正で上品かつ面高の顔も、アイスキャンデーの棒を持つ手にはまっている、老舗のおぼっちゃま学校のキャンパスリングも、はっきりわかった。

「お孫さん、ですよね」

箕輪の顔がこわばるのを確認し、わたしはできるだけ穏やかに言った。

「とてもよく似てらしたので調べました。息子さんの息子さんで箕輪俊哉《としや》さん。箕輪さんの出身校でもある大学の三回生。現在は息子さんご一家の海外赴任に伴い、東麻布のマンションで一人暮らしをしておられる」

「まさか、そこまで……確かに、俊哉によく似ているが……いや、あの子にはこんな真似をする理由がない。なにかの間違いだ」

箕輪俊哉は警戒心なくSNSに実名も顔も出し、よく行くスポーツジムやカフェはもちろん祖父の名前までオープンにしていた。ゴミを道端に投げ捨てたりもしなかった。これだから育ちのいい子は好きだ。探偵の手間を省《はぶ》いてくれる。わたしはガリガリ君の包装と棒を入れたジッパー付き保存袋を取り出した。

「近所のコンビニの外向きの監視カメラにも、この若者がゴミ箱にゴミを捨てているのが映っていました。わたしとお孫さんの指紋、お孫さんのDNAが取れると思います。警察に渡すべきでしょうか。それとも？」


タクシーは麻布トンネルを出て六本木のメインスポットを走り抜け、麻布十番駅をすぎ、ニッシンストアを少し越えたあたりで左折した。東京の街はたいてい、表通りから少し入ると住宅街になる。だがここは、あまりに近くで東京タワーが赤々と輝いているせいか、見える顔が外国人ばかりであるためか、マグマの上にいるようで落ち着かない。内包するエネルギーの量が郊外の住宅街とは桁違いに思えるのだ。実際、パワフルに口論する男女や、血に染まったティシューが道端に捨てられているのを車窓から見かけた。

「まだ出ません」

先ほどから繰り返し電話をかけていた箕輪が、隣でつぶやいた。

「俊哉は私からの電話には必ず出るんですが。どうしたんだろう」

俊哉のSNSには犯行のあった時間帯、暑さやアイドルのゴシップなど、あたりさわりのない話題がぽつぽつと書き込まれていた。ボク犯罪なんて関係ありませんよ、とする一種のアリバイ作りに見えたし、そうなら小狡《こずる》いやり口だ。とはいえ電流を浴び、白目をむいてぶっ倒れたわたしを写り込ませたセルフィーを「探偵を気絶させたぜ、イェイ!」などというコメント付きでアップされるよりはマシだ。このご時世、そういうことも起こりうる。

しかし日が落ちる前からSNSも沈黙している。箕輪が孫をかばって連絡が取れないと嘘をつき、時間稼ぎをしている可能性も考えたが、箕輪は明らかに動揺していた。タクシーがマンションに到着してからも手が震え、正面玄関脇のオートロックパネルの鍵穴になかなか鍵が差し込めず、エレベーターに向かって歩くのもステッキにすがりながらで時間がかかった。

部屋は十六階だった。鍵は開いていた。箕輪が明かりをつけた。〈白熊探偵社〉の事務所よりも広い玄関には薄ピンク色の大理石が敷き詰められ、シャンデリアがぶら下がっている。そのまばゆい明かりの下、家の奥に向かって点々と血が落ちていた。

ステッキを取り落とした箕輪を追い越し、血痕を追った。廊下の先のリビングに飛び込むと、視界いっぱいに見事な夜景が広がった。この眺めにならたいていの人間、特に女の子は圧倒されるに違いない。ふかふかのカーペットが敷き詰められたリビングの端のゴミ箱の手前に、コンドームのパッケージや虹色のカラーゴムが落ちていた。

　窓の下に作りつけのソファがあった。鼻にティシューを詰め込んだ俊哉がティシューの箱を抱えたまま横たわっていた。箕輪がわたしの肩越しに、俊哉、と呼ぶと、彼はビクッと体を震わせ、起き上がった。箕輪はそれとわかるほど安堵《あんど》の息をつき、孫のそばに座り込んだ。

「なにをやってるんだ、おまえは。電話にも出ないで。その血はどうした。なにがあった」

「ごめん、おじいちゃま。寝ちゃってた。平気だよ、ただの鼻血」

　俊哉は鼻からティシューを抜いて、ゴミ箱へ無造作に投げた。それから周囲を見回し、わたしに言った。

「すみません、その辺にないですかスマホ」

「おい、俊哉」

　箕輪が再び大声を出した。俊哉は面倒そうに祖父を見て、わたしに視線を戻した。気がついて、みるみる青くなった。

「とりあえず、事情をお聞きしましょうか」

　わたしは仁王立ちになった。俊哉は、あ、いや、すみません、と土下座をし、落ちていたスマホを見つけて取りに行き、画面を見ながら戻ってきてハッと気づき、また土下座した。わたしは彼の頭頂部に向かって優しく言った。

「箕輪さんはうちの店のオーナーのご友人だし、時刻表はそもそも箕輪さんのものです。でもスタンガンで暴行を受けたのはわたしです。なにが言いたいか、わかりますよね」

「いや、その、あなたが怒るのは当然だけど、あれはゲームみたいなもんで」

俊哉はへどもどと言った。

「ネットであの時刻表が話題になって、どうしても欲しいって書き込みまであったでしょう。それで、アレはうちの祖父のだって友人に自慢してるうちに、その本屋から時刻表を持ち出せるか賭けようって話になりました」

箕輪が大きく息をつき、俊哉は慌てて言葉をついだ。

「だって孫が祖父の持ち物をとったって犯罪にはならないし、おじいちゃまにはあとでこっそり返せるし。おじいちゃまはその本屋のオーナーさんに貸しができるから、あの珍しい汽車の本をセリの前に譲ってもらえるだろうし」

「……もしかして、『オリエント急行と文学』の三冊セット?」

「そう。振ると汽車ポッポが走ってくみたいな音がする本。おじいちゃまが持ってる本はボクが子どもの頃遊びすぎて、音が鳴らなくなっちゃったんだよね」

わたしは箕輪を見た。老紳士は目をそらした。なるほど、そういうことか。だが、

「だったら時刻表じゃなくて、そっちを持っていけばよかったんじゃない?」

「なに言ってるんですか、それは犯罪。他人のものをとっちゃダメですよ」

俊哉はお利口さんの顔で言った。蹴ってやりたくて、つま先がムズムズした。弱みを作らせ、それにつけこんで優位に立ち、相手のものを奪う。それだって詐欺のようなものだし、そもそも、

「スタンガンで人を気絶させるのは犯罪じゃないと？」

「あんなものが出てくるとは思ってなかったんですよ」

俊哉は土下座に飽きたらしく、ソファにもたれかかった。

「トサキさん……その友人とは、うまくいったら三万払うって約束で一緒に〈MURDER BEAR BOOKSHOP〉に行ったんです。どんな口実で時刻表を渡させるのかと、階段の裏に隠れて楽しみに見物してました。そしたら、あなたが帰ってきたのを後ろからいきなりバチッ、だもん。止めるまもなくガラスケースは壊すし、あれじゃ立派な犯罪ですよ。だから約束の金と引き換えに時刻表だけ受け取って、先に帰ったんです」

気絶しているわたしを置き去りに、くすねたガリガリ君を食べながら。

「それで？」

つい語気が荒くなったが、俊哉はのんびりと話を続けた。

「それで、近くでちょこっと飲んで戻ってきたら、トサキさんがマンションの前で待ち伏せてたんですよ。おまえ、この件は犯罪にならないって言ってたよな、なのに様子を見に本屋に戻ったら、警察が来て強盗事件だって騒いでたぞ、どうしてくれるって。だ

けど、コトを強盗にしたのはトサキさんですよ。そう言ったら、いきなり」

俊哉は自分の鼻を指さした。

「鼻血が噴き出して、トサキさん、よけいに興奮しちゃって。三万ですむと思うなよって、ボクのリュックひったくって……すみません、おじいちゃま」

わたしと箕輪は顔を見合わせた。箕輪がおそるおそる、という様子で訊いた。

「おい俊哉、まさか」

箕輪俊哉はこっくりとうなずいた。

「持っていかれました。ABC時刻表」

3

トサキについて知っているのは、SNS上の連絡先だけだと箕輪俊哉は言った。おうちを聞いてもわからない、名前を聞いてもわからない。困ってしまって吠えたくなったが、待ち伏せしていたということは、先方は俊哉の自宅を知っている。そこをつつくと、ようやく俊哉は、先々月スポーツジムのサウナでのぼせたあと、うちまで送ってもらったんだったと言い出した。

「悪い人じゃないんですよね、トサキさん。ちょっとキレやすいだけで」

〈ネメア・スポーツジム恵比寿駅前店〉に向かうタクシーの中で、彼はそう言って助手席のわたしにスマホをよこした。ストロベリーブロンドのマッチョが眉間《みけん》にしわを寄せ、三白眼《さんぱくがん》でこちらをにらみ下ろしていた。ことによると、スタンガンを使われたことに感謝すべきなのかもしれない。直接、首を締めあげられるよりマシだった気がする。

「彼は学生なの？」

「大学生なんていいご身分だ、とか言ってたから違うと思いますけど。いつ見てもカラダ鍛えてて、だけど試合やコンクールに出るわけでもないみたいだし。なにやってる人なんですかねえ」

俊哉は性格のいい犬のような目で、バックミラー越しにこちらを見た。とぼけるのもたいがいにしろと言ってやるべきか、考えた。

時刻表をうちの店から「持ち出す」にあたり、俊哉はトサキと賭けをしたと言ったが嘘だろう。おそらく俊哉は、トサキが金で脅しも引き受けるセミプロと知って、三万で雇ったのだ。この強面《こわもて》に凄まれたら、たとえ店員が「有能な探偵」とやらでも震え上がり、時刻表を差し出すと思って。スタンガンは想定外だったのだろうし、本名その他を知らないのも事実だろうが、ジムで知り合ったのを言い渋ったのは、そのあたりを突っつかれたくないからだ。

バックミラー越しに後部座席の様子をうかがった。暗い車内だからというのではなく、俊哉と並んでいる箕輪の顔色は悪かった。こちらもある意味、どタヌキだ。うちから時刻表が盗まれたと聞いて怒ってみせたが、彼の憤懣やるかたない表情は、まるで絵に描いたようだった。娘が警察庁の知り合いに電話をかけようとしたら、慌てて止めて追い払った。

箕輪が俊哉に時刻表を持ち出すよう命じた、とまでは思わないが、そう仕向けたのではないか。店員が「有能な探偵」だと知らされていなければ、俊哉もトサキを雇うような面倒は避け、祖父に頼まれた、とかなんとか言って自分で持ち出す道を選んだと思う。

祖父のものを孫が持ち出すのは犯罪ではない、その結果、箕輪は富山に貸しを作り、『オリエント急行と文学』をライバル抜きで間違いなく入手できる……そんなこと、俊哉が一人で思いついたとも考えにくい。それに、俊哉が映った映像を見せたとき、箕輪は開口一番「まさか、そこまで……」と言ったのだ。防犯カメラ映像を持ち出してくるとまでは思っていなかった、という意味だろう。

タクシーが駒沢通りから裏道へ入った。人通りの多い飲み屋街をくねくねと走っていく。わたしは座席にもたれかかった。まあ、いい。気づいた事実を今は黙っておこう。肝心なのは時刻表を取り戻し、〈MURDER BEAR BOOKSHOP〉のフェアを盛り上げること。箕輪祖父孫がごねたりしたら、そのときは、やられっぱなしではないところを見せてやる……。

道を曲がった。運転手が、あ、と言った。目の前を赤い回転灯が彩っていた。救急車とパトカーが〈ネメア・スポーツジム恵比寿駅前店〉の入る雑居ビルの前に停まっていた。ストレッチャーには頭を白い布で包まれた中年男性が、虚ろな目をして横たわっていた。

急いでタクシーを降りて、ビルの入口を取り囲む野次馬に紛れ込み、彼らの噂話に耳を傾けた。「キレやすいブロンドのマッチョ」が酔って現れ、トレーニング器具の取り合いで他の会員ともめ、相手を殴り倒した。その後も大暴れをし、取り押さえるのに警察官とジムの従業員八人がかりだったという。

やがて警察官に取り囲まれて、ストロベリーブロンドの筋肉男が階段を降りてきた。両手を布で覆われたトサキは傲然とパトカーに向かって歩いて行ったが、屈むと同時にゲップをし、そのままパトカーに押し込まれた。ドアが閉まったその風で、わたしのところにまでアルコールの臭いが漂ってきた。

被害者を乗せた救急車がサイレンを鳴らして出発した。直後に、トサキのものらしいスポーツバッグと、ビニール袋に入ったスタンガンを手にした、別の警察官が現れた。彼が乗り込み、パトカーも発車した。わたしは乗ってきたタクシーに戻ろうと足を速めた。だが、行きつく前にタクシーもパトカーの後について走り出した。

大声を上げながら追いかけたが、間に合わなかった。箕輪重光も俊哉もわたしに気づいていないはずはないのに、まっすぐ前を見たまま微動だにしなかった。パトカーの回転灯とタクシーのテールランプは駒沢通りに消えていった。

わたしはあっけにとられて立ち尽くした。

あいつら、警察署に赴いてトサキの荷物からＡＢＣ時刻表を取り戻すつもりだ。それも、わたし抜きで。わたしに取り戻されたらさらに弱みを握られる、孫が強盗事件に関与したと公にされたくなければ時刻表を譲れと言い出す、とでも思ったのだろうか。自分たちと同じように、わたしもまた他人の弱みにつけ込むと。

ふざけんな。

あの方角ならパトカーは管轄の恵比寿南署に向かったはずだ。警察庁のコネと連絡がついて、トサキの荷物から時刻表をピックアップするまでには多少、時間がかかる。それまでに彼らの前に現れて、思いっきりビビらせてやる。

別のタクシーを探して周囲を見回した。緊急車両がいなくなり、さっきまで人だかりがしていたジム前のスペースには、ネメアのスタッフTシャツを着た女の子が一人立っているだけだった。タクシーが消えた方角を、冷笑を浮かべて見送っていたその子の髪は、虹色のカラーゴムで結わえられていた。

わたしに気づいて彼女もこちらを見た。箕輪俊哉のタクシーを追いかけていたのも知っていたのだろう、彼女の口がへの字になった。

「やだ、あんたも?」

首から下げたスタッフキーは名札にもなっていて〈間宮《まみや》〉とあった。ハタチそこそこ、下手すると十代。高校時代は体育会系の部活で鍛え、メイクや男を解禁して間がない、といった風に見えた。間宮からみれば、わたしは母親くらいの年齢だ。やだ、と言いたくもなろう。

「わたしは探偵なの。箕輪俊哉を追いかけていたのは、職業柄みたいなもんよ」

「探偵？　あいつ、なにしたの」

持ち逃げ、とわたしは言った。彼女はつけまつげをばさつかせた。

「俊哉、金持ちだよ。それだけは確か。なのに持ち逃げ？」

「そっちはどうなのよ。なにされたの？」

間宮は唇を歪めた。

「ややろーだよ、あいつ。向こうから声かけてきたのに、簡単な女だってわかったからもういい、だって。おぼっちゃまぶって、ややろーだよ」

息を弾ませて繰り返すと、間宮の顔にまた冷笑が浮かんだ。

「ねえ、その持ち逃げって、トサキさんとも関係ある？」

「たぶん」

「捕まったら俊哉、どうなるの？　刑務所行き？」

「それはないかな。あ、でも、たっぷりお仕置きされることになると思う」

慌てて付け加えると、間宮の口角がわずかに上がった。

「そう。じゃ、いいこと教えてあげる。トサキさんさ、今日来たとき、酔っ払って最初はめちゃご機嫌だったんだよ。俊哉から巻き上げたものがいい金になったって、滞納してた会費払ってアタシにチップまでくれたんだ」

アイリッシュ・パブ〈Dubliners' P〉は、ジムからワンブロック先の雑居ビルの地下にあった。揚げたてのフィッシュ&チップスをつまみにエールを飲み、ダーツに興じるのが、俊哉やトサキのいつものお楽しみなんだと間宮は言った。

　会って数分で、彼女の冷笑はずいぶん洗練されたなと思いながら、真っ黒い壁に、パブでしか見ない字体の金文字で書かれた店名を横目に階段を降りた。トサキが俊哉からABC時刻表を奪い、売って金を手に酔っ払うまでほんの数時間。直接取引としか考えられないし、酒場かその界隈《かいわい》で行われた可能性が高い。近くにトサキの行きつけはないかと尋ね、間宮に教えてもらった三軒のうちの一軒だった。

　ゴールデンウィークの谷間のことで、他の二軒は営業していなかった。ここは混雑しているかもしれないなと思いながら、ペンキを分厚く塗られた扉を開けると、パブは案外すいていた。仕事終わりに飲んだ客たちがちょうど帰った時間帯なのだろう。壁の大型テレビがサッカー中継の合間に〈ホワイトフェザント・ホテル〉の不正経理をめぐるニュースを流し、ジェイムズ・ジョイスのTシャツを着て、ジョイス風の丸メガネをかけた若者が、カウンターにもたれかかって気だるげにそれを眺めていた。

　空いたカウンター席に座ってギネスの小を頼み、そういや夕食もまだだったとシェパーズ・パイを追加した。オーブンで焼くんで少し時間がかかるけど、と言うジョイスくんに、〈ネメア・スポーツジム〉の子から教えてもらった、と話しかけた。彼はトサキを知っており、暴れて逮捕されたと聞いて面白がった。

「さっきまで来てたんですよ、トサキさん」

ジョイスくんはギネスをわたしの前に置き、細身のパンツに包まれた足を伸ばしてカウンターチェアをまたいだ。

「三万払って溜まってたツケ清算してくれたのは良かったけど、それですっからかん。ここはキャッシュオンデリバリーだって言ってんのに、いいから飲ませろってすごんでさ。オーナーがいればトサキさんもおとなしいんだけど。うちのオーナー、バイキングの子孫で身長二メートルだからね」

困っていたら、初めて見る男性客が、なら私が奢りましょうと千円札を差し出した。

「トサキさん喜んじゃって、楽しそうに二人で飲んでたよ。そのうちその客は帰ったんだけど、トサキさんの財布にはいつのまにか金が入ってて」

ジョイスくんは気がついたように言葉を切った。

「あれ、ひょっとして、うちも共謀罪に問われたりすんのかな。オーダーされるまま、その金で五杯は飲ませたし」

「酔っ払い運転で事故を起こしたわけじゃないんだから、酒場が客に酒飲ませたって罪にはならないでしょ」

ギネスの泡を味わいながら言うと、ジョイスくんは安堵したらしい。

「そうだよね。トサキさんってほんと宵越しの金は持たないタイプで、あればあるだけ……てか、なくても飲んじゃうんだ。それに今日は、そのお客さんからも飲まされてたし」

「ふーん。景気いいのね、その客。ホテルの不正経理担当かなんか？」

ジョイスくんは笑って、ちがうちがうと手を振った。

「古本屋だよ。珍しい古い本なら高く買いますよって言ってた。一見すると金を持ってるようには見えない、ぱっとしないおっさんだったけど」

わたしは驚きを隠すため、ギネスを飲んだ。

ABC時刻表の買い手はトサキが自分で呼びつけたと思っていた。または、俊哉とトサキの時刻表持ち出しについて事情を知っていた人間と、ここで出会って譲ったか。なのに、どこからともなく古本屋が現れて、時刻表を所持したトサキに酒を奢った？　それも、ここであと五杯のエールを飲めて、ジムの滞納金が払えるほどの金を、あの時刻表と引き換えに渡すような古本屋が。

考えるうちにギネスをがぶ飲みしていることに気づき、わたしは慌てて話を続けた。

「うちにもたくさん本あるんだよね。買ってくれないかな、その古本屋さん。連絡先知らない？」

「名刺があるよ。トサキさんが落としていったんだ」

ジョイスくんがカウンターの陰から名刺を出し、わたしの前に置くと同時にキッチンタイマーのベルが鳴った。やがて、マッシュポテトとチーズとマトンが焼ける甘い香りが、じゅうじゅうと音を立てて運ばれてきた。だがそのときもまだ、わたしは口をあんぐりと開けたまま、その名刺を眺めていた。
〈MURDER BEAR BOOKSHOP　店長　富山泰之〉

4

「私じゃありませんよ」

翌朝、店に出てきた富山は薬を飲む合間にそう言った。

「なんで私があの時刻表に金を払うんです？　箕輪さんの孫のしでかしたことなんだから、その孫か、あっさりやられた葉村さんが取り返すのが筋ですよ。だいたいね、退院して一週間もたたないのに、夜、恵比寿くんだりまで出かけていくわけがない」

「わかってます」

わたしは昨日の防犯カメラ映像をモニターに出す作業をしながら言った。〈MURDER BEAR BOOKSHOP〉の名刺にはクマが包丁を振り上げている店のマークがついているのだが、二年前にこのマークをイラストレーターの杉田比呂美さんに描きなおしてもらった。トサキが受け取った名刺のマークは、それ以前のものだった。

「でも、富山さんの名刺を置いていったことからして、問題の〈古本屋〉は富山さんの知り合いです。でもって、そいつもＡＢＣ時刻表を狙って昨日この店の近くにいた。古い名刺をたまたま持っていたとは思えませんから。そこで、トサキの犯行と俊哉とのやりとりを目撃して後をつけ、パブでトサキに接触し、時刻表の入手に成功したに違いないんです」

「店の名刺は結構な数、配ってますからねえ」

富山はテレビ用のメガネを取り出しながら、言った。

「それにしても、古本屋があの時刻表に大金を払ったというのが解《げ》せません。神岡武一なら、状態のいい初版サイン本でせいぜい三千円。直筆原稿でも署名入りのエッセイで七、八万でしょう。古書の闇オークションには盗品も出回るそうですが、あのABC時刻表にかぎっては、来歴がはっきりしなけりゃクズ同然です。熱狂的なファンならそれでも欲しがるかもしれませんが、うちが盗まれたと公表すればそんなにはふっかけられなくなる。そしたら儲けは出ませんよ。ただ……秋に〈松尾蒐書館〉で神岡の特別展が開かれるって、言いましたよね」

世田谷の〈財団法人松尾蒐書館〉は、旧財閥・松尾家の当主だった松尾白鷴《はっかん》翁のコレクションから始まった私立の図書館だ。美術品の収蔵品も多く、時どき企画展が開かれる。わたしも大学生の頃に「米三稲荷縁起絵巻展」を見に行った。小田急線の祖師ヶ谷大蔵駅からバスに乗り〈松尾蒐書館入口〉で降りたが、館そのものは高台のてっぺんにある。広大な敷地は緑濃く、上り坂が延々と続き、優雅な美術展見学のつもりが息も絶え絶えの登山となった。

「あそこで特別展が開かれれば、雑誌で特集も組まれるし、著書は復刊される。再評価が進んで神岡の市場価値も上がります。それに、あの時刻表なら〈蒐書館〉が欲しがるかも。館に売り込む手はありますね」

「そんなの、本来の持ち主である箕輪さんが黙ってないでしょう」

「それはそうなんですがねえ」

富山はモニターを見ながら言った。ゴールデンウィーク中、平日の昼下がり、かつ裏通りなのだが、住みたい街吉祥寺の人口密度は高い。モニターにはひっきりなしの人の行き来が映し出されている。

「神岡の死後、その遺品や蔵書は旧宅ごと甥の春馬《はるま》さんが管理していましたが、十年前、老朽化で家を取り壊すことになり、寄贈の話が持ち上がったんです」

いくつかの文学館や大学図書館が手をあげるなか、当時の塩田《しおだ》奏《そう》館長が神岡ファンだったことで、〈松尾蒐書館〉が寄贈先に選ばれた。

「その件で春馬さんが何度も館に見えて、神岡の思い出話を聞くうちに、ＡＢＣ時刻表の話が出ましてね。鈴木医師は幼馴染を偲《しの》んで時刻表を大切にしていたが、医師の家族は神岡をよく思っていなかった。頼めば譲ってもらえるんじゃないかと春馬さんが言ったわけです。がぜん興味を持った塩田館長が、ぜひうちの収蔵品に加えましょうと意気込んで、すぐに鈴木家に連絡をとり、息子さんに話して口約束をとりつけた。ですが、のちにあらためて購入を申し入れたところ、医師の奥さんが出てきて、あの時刻表は捨てましたとけんもほろろだったそうです」

「捨てた？」

突然、富山がモニターを指さして、あっ、と叫んだ。

「止めてください。私、今の人知ってます。古本屋かもしれない」

静止画像には初老の男が映っていた。わたしも目を凝らした。

「……お向かいの鶴野《つるの》さんのご主人ですね」

「あれ」

映像を再生に戻してしばらくすると、それから数年後のことですが、と富山は話を再開した。

「〈松尾蒐書館〉では四半期ごとに、友の会の会員や後援者を招いて寄付金集めのパーティーが開かれます。私も呼んでもらうんですが、そこで箕輪さんの蔵書の話が盛り上がりましてね。その場にいた何人かが駒場の邸宅にお呼ばれし、蔵書を見せていただけることになった。自慢したくなるのも当然のすばらしいコレクションでしたが、そこにあの時刻表を見つけたときの驚きときたら……あっ、今こっちに歩いてきた人、見覚えが」

「裏の篠田《しのだ》さんちの息子さんです。……どういうことです？」

「春馬さんの話は、館長と私、それにたまたま来館していた箕輪さんも一緒に聞いていたんです。おそらく、箕輪さんはすぐに出入りの古本屋に連絡を取って、館より先に入手させた。鈴木家には捨てたと言ってくれ、と因果を含ませたんでしょう」

「だけど、それをよく富山さんに見せましたね。経緯が全部バレるのに」

「犯罪というわけではないし、バレてもよかったんじゃないですか。いやむしろ、数年たってバラしてやりたくなったのかも。箕輪さんの蔵書拝見ツアーのあと、塩田さんにこの話をしたら、鼻先からかっさらわれてたのかと歯噛みして悔しがってました。いろんな意味で仲が悪いんですよ、あの二人」

「へえ、塩田さんもコレクターなんですか」

「というより、これが松尾グループ内の権力闘争の名残なんです」

「は、権力闘争？」

そういえば、箕輪重光は松尾グループ企業の役員だと聞かされていた。

「箕輪さんは母親が創業家である松尾一族の出、塩田さんは東大法学部を卒業後、松尾商事に入って実力で頭角を現した。グループ内で創業家と新勢力の対立が起こるたびに、それぞれが担ぎ出されるという構図ができましてね」

塩田奏が省庁の官僚から支援を受けて松尾電工の社長に就任したかと思えば、箕輪重光が旧財閥系人脈の推しを集めて松尾建設の社長になる。どっちかが松尾不動産のCEOになれば、もう一人がマツオ・モーターズのトップとなる。

「今は、それぞれグループ企業の役員に名を連ねているものの、第一線からは退いているので、表向き波風が立つこともありませんが、塩田さんが〈松尾蒐書館〉の館長になったときは大騒ぎでしたよ。あそこは松尾白鷗翁の別邸やコレクションを財団に移行してできたもので、敷地内には白鵬翁が眠る霊廟もある松尾一族の聖地ですからね。長老の婆さんが怒鳴り込んできましたっけ」

富山は含み笑いをした。ははあん、とわたしは思った。

そもそも、なぜうちが箕輪から時刻表を借り出せたのかが疑問だったのだ。いくら他に欲しい本があっても、愛書家は他人に大事な本など貸さない。警備の厳重な美術館ならいざ知らず、有能な探偵だラブスン錠だと口説かれた程度で、小さな本屋の展示用に貸し出すなんてありえない。不特定多数のマニアの目に触れれば、持ち逃げされる危険性はイヤでも想像できる。

だが、富山がその塩田と箕輪の仲の悪さを利用したなら……。

「あっ、このひと」

富山が三たび大声をあげてモニターを指さした。少し巻き戻し、ガリガリ君を食べながら歩く俊哉のすぐあとから、分厚いメガネをかけ、出っ歯で猫背の男が歩いてきたところで静止させた。ジョイスくんが言った「一見すると金を持ってるようには見えない、ぱっとしないおっさん」そのものだ。もっとも、うちの客の四割がこの描写に当てはまるのだが。

「間違いない。これ、三河島の〈梁上公書房《りょうじょうこう》〉の二代目ですよ」

富山はメガネを外し、興奮したように立ち上がった。

「先代は数年前に死んだんですけどね。死者に鞭打つようですが、評判悪かったですよ。

ひとの死の情報をいち早くキャッチして、ご遺体が戻ってくるより早くトラックで乗りつけ、めぼしい蔵書を運び出してしまう古本屋の話、知りませんか。あとで遺族が抗議しても故人との約束だったと突っぱねるっていう」

「古書業界でまれに聞く伝説ですね」

「でもトラックを横づけされたのも古本屋、って話はあまり聞かないでしょう」

わたしは目をむいた。

「亡くなった同業者を身ぐるみ剝いだんですか」

「そもそも店名が人を喰ってる。梁上公ったら泥棒のことですからね。手持ちの本の価値を上げるために、都立図書館の本を持ち出して燃やしたって話も聞いたことがあります。若い頃に贋金《にせがね》作りで刑務所に入って、その人脈から故買を引き受けてたとか、逆に古本の買取に出向いた家の情報をそのスジに売ったとか。あくまでも噂ですが」

これがホントなら、確かにひどすぎる。

「息子とは前にどっかで挨拶したから、そのときに名刺を渡したんでしょう。二代目はオヤジほど華々しくなく、地味に店を続けてるようでしたが」

スマホに〈梁上公書房〉のホームページを呼び出した。昔ながらの古書店らしくリンク先も情報も少ない。更新する気もないようで、具体的な書名は出さず、取り扱うジャンルだけが並んでいるが、その筆頭が現代文学、それも、

「ここって神岡武一が得意だったんですか」

「ああ、そうだ。そうですよ」

わたしと富山は顔を見合わせた。富山が首を傾げて、

「そういえば、春馬さんが言ってたな。神岡の蔵書票のついた本が市場に出回ってると知らせてくれるひとがいて、慌てて旧宅の様子を見にいったら裏口の鍵が壊されて、貴重な蔵書がずいぶんなくなっていた。それなりの知識があるやつの仕業に違いない……ちょっと、葉村さん。どこ行くんですか」

「もちろん三河島です」

わたしはジャケットに袖を通し、バッグをつかみ上げた。

「この古本屋の二代目をとっ捕まえて、話を聞きます。うまくすれば時刻表を取り戻せるかもしれない」

「ダメですよ」

富山はそっけなく言った。

「時刻表の件に依頼はないので、探偵仕事ではありません。葉村さんの個人的興味の範《はん》疇《ちゅう》なんだから、本屋の仕事を優先してください。〈MURDER BEAR BOOKSHOP〉はまもなく開店です」

苛立《いらだ》ちを押し殺して店番をした。

開店とほぼ同時に次々と客がやって来た。みんなが嬉しそうに鉄道ミステリについて

語り、売り上げもまずまず。フェアのために苦労した甲斐があったと思うべきだが、愛想笑いはすぐに擦り切れた。ＡＢＣ時刻表はどこだと何十回も聞かれ、貸主さんの都合で今日はないんですと何十回も答えるはめになったからだ。なんでだよ、そのために来たのに、と食い下がってくる面倒な客もいたが、詳しくは店長に聞いてくれ、と二階サロンの富山に丸投げしてやった。それでも忙しすぎて、昼食はおろかトイレ休憩も取れなかった。

五時になって客足がとだえ、我慢の限界がきた。サロンに行ってみると、店のもう一人のオーナー・土橋保や常連客の加賀谷《かがや》らが談笑しており、特に富山は、あの面倒な客であるぽっちゃり系の若者を「クラノくん」と呼んで、海野十三《うんのじゅうざ》の短編「急行列車顚覆魔」について気持ち良さそうに語っていた。

これならレジ要員は足りている。わたしは、昼食を取ってくるのであとはお願いしますとだけ言うと、返事も聞かずに店を飛び出した。中央線と山手線、常磐線を乗り継いで、三河島まで小一時間かかった。

三一三号線沿いの〈梁上公書房〉までは駅から徒歩八分とあったが、その頃には目が回るほどお腹が空いていた。昼食に出ると言ったからにはちゃんと食べようと周囲を見回すと、常磐線の高架のすぐ脇に〈三河島うどん〉という看板を出す小さな店があった。東京のイーストサイドには不案内だが、それにしても三河島うどんなんて初めて聞いたぞと思いながら、カウンター席だけのその店に入り、カレーうどんを頼んだ。人生でいちばんのカレーうどんだった。

思いがけないご褒美に、足取りも軽く店に向かって歩き出した。空には夕焼けが広がっていた。空気は乾燥し、雲も少なく、星が眩《まぶ》しいほどだった。ヘッドライトや街灯が点《つ》き、大量生産の建材で組み立てられた建物に印刷された看板が並ぶ、きれいだが味気ない街並みに詩的なアクセントを添えた。

〈梁上公書房〉は遠くからでも人目を引いた。建っているのが不思議なくらい古い木造の二階屋で、そこだけが一足先に夜にのめり込んだように見えた。一階の庇《ひさし》の上に昔ながらのホーロー製の看板が出ていたが、店名も、ネズミが本の上に乗っているイラストも、薄暮に溶けかけていた。

こういう店って、いったい一日にどれくらいの来店客があるのか、他に直取引の顧客をがっちり捕まえていて、店頭販売の儲けは度外視かななどと考えながら近寄っていくと、店から客が出てきた。目があった。あの「クラノくん」と呼ばれていた若者だ。

クラノくんもわたしに気づいたらしい。さっと顔を背《そむ》け、道をそのまま渡ろうとして走り出し、駅の方からやってきた軽自動車と接触した。車は急ブレーキを踏んだが間に合わずにぶつかり、クラノくんは車道に転がった。

全身が冷たくなった。誰かが叫び、誰かがあーあと言った。だが、クラノくんはいち早く立ち上がり、店に来たときも提《さ》げていた単行本サイズのショルダーバッグを拾い上げ、ぽっちゃりした体を揺らしながら、駅に向かって走っていった。

後ろ姿を見送って我に返った。わたしは店に飛び込んだ。

ガラスの上に白いペンキで〈梁上公書房〉と書かれたレトロな木の引き戸は、五十センチほど開いていた。古い本のにおいに加えて、生活臭や埃や下水臭が入り混じった、なんともいえない臭気が漂ってきた。

壁に作りつけの本棚、中央に本棚が二列、通路三本。中央の通路の奥に、本に埋もれるように帳場があり、帳面らしいノートの上にノートパソコンとそろばんが載っていた。九〇年代初頭から商品が入れ替わっていないのではないかと思えるほど、褪せた文庫や古い全集の背表紙ばかりが目についた。

帳場の脇に通路があった。店主の生活空間へとつながっているのだろう。見れば見るほど昔ながらの典型的な古本屋だった。典型的でないのは、本の山や書類が崩れてそこら中に散らばっていることだ。

椎名麟三、庄野潤三、宮脇俊三を拾い上げ、足跡がついて破れた宅配便の伝票類を集めて帳場に戻し、奥へ進んだ。三十センチほど高くなった畳の部屋の中央に、まだ布団がかけられたままの掘ゴタツがあった。周囲に割れた食器が散乱し、食べ物が散らばり、真上の電灯がかすかに揺れながら、部屋の隅にうずくまる男を照らしていた。

「大丈夫ですか」

男はのろのろと顔を上げた。メガネはなかったが、出っ歯で猫背の「ぱっとしないおっさん」だった。たぶん。顔には乾いた血がこびりつき、腫れて青ざめ、右腕にも細長い殴打痕が青黒く残っていた。

男は左腕で弱々しくあたりをまさぐると、割れたメガネをかけてこちらを見た。その喉から細く、悲鳴に似た声が飛び出した。

「違います、もうここにはありません、ないんです、勘弁してください」

5

ゴールデンウィーク最終日、雨が降った。

一週間の間に新緑は青葉に変わり、〈MURDER BEAR BOOKSHOP〉のこぢんまりとした植え込みすらみずみずしく美しく見えた。鮮やかな桃色のツツジが、雨粒とともに甘い蜜の香りを滴《したた》らせている。

あいにくの天気だったが、〈鉄道ミステリ・フェア〉のクライマックスを迎え、二階サロンは人いきれで暑苦しいほどだった。「時刻表トリックの限界と可能性」というテーマのトークショーは和やかに幕を閉じ、イベントは名物の古本オークションへと移っていた。このために棚に並べず、取っておいた本が富山の名調子でセリにかけられる。といっても稀覯本ばかりではない。簡単に手に入る本をどうさばくかが、ミソなのだ。

富山が木槌を高らかに鳴らした。

「では次、オークション番号、三番。ドナルド・E・ウェストレイク『ホット・ロック』角川文庫、昭和五十年四月再版です。精神病院の庭を汽車が駆け抜けるシーンは抱腹絶倒もの。ページが焼け、活字も小さく、人によっては老眼鏡とメガネ型拡大鏡の併用が必要ですが、その価値はあります。では五十円から」

五十一円、と誰かが言い、すぐに誰かが百をつけた。これが百十になり、百二十円になると、みんなが雪崩《なだれ》を打ってセリに参加した。楽しんでいるのだ……一部の人間を除いては。箕輪重光と俊哉はパイプ椅子の上で落ち着かなげだし、頭の包帯と腕をつった三角巾が痛々しい〈梁上公書房〉はうつむいたまま、塩田奏は自分がなぜここにいるのか不思議そうな顔つきで、隣に座る上品なグレイヘアの女性に話しかけている。

「では次、オークション番号十三番。創元推理文庫『オリエント急行の殺人』『青列車の謎』一九七八年の六十八版と一九七七年の四十九版。当時の創元推理文庫ですから、作者はアガサ・クリスティーですね。ご覧の通り、SLの写真にPOIROTという文字を載せて、青列車はオリエントの裏焼きというツッコミどころ満載の表紙が売り。セットで十円からいきましょうか」

誰かが五円と叫び、笑いが起きた。わたしはコーヒーメーカーのスイッチを入れ、軽食を用意し始めた。ほとんどがスーパーで買ってきた袋菓子だが、コーヒーケーキの表面には「客車内で語り合うホームズとワトソン」を描いた、雑誌「ストランド」のイラストがプリントされている。吉祥寺にできたオーダーメイドのケーキ店に、データを送って作ってもらったのだ。雨の中、取りに行くのは大変だったが、その価値はあった。

「次、オークション番号二十八番。プレス・ビブリオマーヌ創立二十周年記念出版、佐々木桔梗のもう一つの傑作『探偵小説と鉄道』です。仔山羊総革装・ルビー付の百七十部限定版ではなく、ソフトカバーの方ですがこちらも珍しい。限定五百七十部で五〇七番の本となります」

ドアが開いて、「クラノくん」がサロンに滑り込んできた。ウインドブレーカーを着込み、キャップを目深《まぶか》にかぶって顔を隠しているが、頬が大幅にはみ出ている。彼はわたしや〈梁上公書房〉をちらっと見ると、そのまま後ろに移動していった。

富山は咳払いをして、オークションを続けた。次々に本は落札されていき、思わぬ番狂わせもあった。光文社文庫の『下り「はつかり」』という、面白いが珍しくもないアンソロジーに二千円の値がつき、鮎川哲也の『黒いトランク』講談社刊初版帯付きという激レア本が、みんながぼーっとしているうちに八百円で落札されてしまったのだ。

「オークション番号……何番でしたっけ。いよいよ最後から二番目の出品ですね。リリアン・J・ブラウン『猫は汽笛を鳴らす』ハヤカワ文庫、二〇〇〇年九月第二刷。大金をかけて復活させた蒸気機関車とそのオーナーの失踪をめぐるストーリーはもちろん、〈九号蒸気機関車の事故〉という挿入歌が興味深い。クレイグ・ライスの『スイート・ホーム殺人事件』で親子が歌う〈旧式九十七号機関車の転覆〉と比較してみるのも一興でしょう」

どよめきと笑いのなか、これはバリバリの鉄道マニアに落札された。

富山がわたしを見た。わたしはうなずいた。富山は汗を拭いて水を一口飲むと一同を見回し、さて、と言った。

「いよいよ皆さま、お待ちかねの大トリ、『オリエント急行と文学』三冊セットの順番がやってまいりました。あ、静粛に。……が、その前にネットで予告した通り、皆さまにご披露したいものがあります。こちらです」

富山は壇のテーブルの下から、ABC時刻表を取り出した。Bの文字の下に黒い穴が開いている、あの時刻表だ。

箕輪と俊哉が腰を浮かせ、塩田がうめいた。〈梁上公書房〉が顔を上げ、またうつむいた。富山が言った。

「このABC時刻表については、皆さんご存知でしょう。ただし、展示されたのはゴールデンウィークが始まった二十九日から五月一日までの三日間だけでした。その翌日、店が休みの月曜日の午後、この時刻表は、我が〈MURDER BEAR BOOKSHOP〉から逃げだし、行方をくらましたのです」

富山は俊哉をジロリと見てから、続けた。

「後を追ったところ、時刻表はある人の手にあることが判明。しかし、そこからまた人を介して、別の人の手に渡るなどし、いったんその姿を見失いました。ですが数日後、時刻表は意外な場所で姿を現します。五日木曜の午前中、世田谷にある私立図書館〈松尾蒐書館〉に届いたのです。針谷《はりや》さん」

塩田の隣に座っていたグレイヘアの女性が立ち上がった。

「〈松尾蒐書館〉の司書で針谷日向子《ひなこ》と申します。今、富山さんがおっしゃったように、一昨々日《さきおととい》うちに宅配便が届きました。差出人は神岡武一とありました」

一同はどよめいた。針谷はわたしをちらっと見た。

三日の夕方、三河島の〈梁上公書房〉から、わたしはすぐに救急車を呼んだ。店主のボコボコぶりを怪しんだ救急隊員が警察に連絡、駆けつけた警察官からの事情聴取にも応じた。訪ねてきたらこの有様だったで押し通し、クラノくんを見たことはもちろん、時刻表の話も黙っていた。警察が帰ると病院に行き、身寄りがない〈梁上公書房〉のために入院の保証人欄にサインをし、翌朝も早起きをして三河島にまた赴き、店から着替えその他をとってきたのだった。

わたしが勝手にやった人助けだが、ここまですればなにがしかの情報をくれると思ったのに、〈梁上公書房〉はいじめられたネズミのように体を丸めるばかりで、いかなる質問にも答えようとはしなかった。しかたがないので、店の床に落ちていた宅配便の伝票を見た、とわたしは告げた。当日の午前中に発送され、〈松尾蒐書館〉宛てで差出人は神岡武一という伝票を。時と場合によっては、太陽よりも北風の方が効果的だ。〈梁上公書房〉はようやく少し口を割り、わたしは〈蒐書館〉に行って、針谷司書に面会を申し込んだのだった。

「宅配便の中身は、神岡の蔵書票が貼られた本でした。神岡の蔵書は一部が紛失したと言われていることから、おそらくその消えた蔵書だと思われます。貴重で珍しい書籍であることに加え、神岡らしき筆跡の書き込みやメモも発見された。神岡武一研究には欠かせない資料と思われます。〈松尾蒐集館〉を代表し、送ってくださった方にお礼を申し上げます」

　針谷は優雅に頭を下げた。〈梁上公書房〉の頬がほんのりと赤くなった。富山が咳払いをした。

「さて、神岡の蔵書と一緒に、この時刻表が入っていたわけですが……」

「もういいでしょう」

　不意に、箕輪重光が立ち上がって遮った。

「その時刻表は私のものです。〈蒐書館〉に送られたとしてもそれは変わらない。今すぐにお返し願いたい」

「ちょっと待った」

　富山が答える前に、塩田奏が割って入った。

「時刻表はもともと〈蒐書館〉のものですよ。私が館長を務めていたとき、持ち主だった鈴木医師の息子さんと電話で話し、〈蒐書館〉に譲ってもらう約束をした。それを、上流ぶっているわりにはやり口が汚い誰かさんが、出入りの古本屋に命じて裏で手を回し、横取りした。よくもまあ、大きな顔をして富山くんの店に貸し出したもんだ」

　黒檀のステッキを握りしめる箕輪の手に青筋がたった。わたしは思わず身がまえたが、さすがに思いとどまったらしい。

「そうです、私が貸し出したんです。だから返してもらいます」

「いや、〈蒐書館〉に送られたんだから、いまや館のものだ」

「口約束に効力はありません。東大法学部だかなんだか知らないが、高級官僚の同窓生に引っ張ってもらえなけりゃ、きちんと売買契約も結べないどなたかに、四の五の言われる筋合いはないですな」

今度は塩田のこめかみが痙攣《けいれん》した。だが、こちらもぐっと我慢した。

「なるほど、館との間に口約束があったことはご存知だったわけですか。でしたら話が早い。あんたは松尾一族の一員だ。ここはひとつ、横取りして申し訳ありませんでしたと白鷗翁の御霊《みたま》に詫びを入れ、あらためて〈松尾蒐書館〉に寄贈すればいい」

「冗談じゃない。金を払って入手したのは私だし、時刻表はこの店から盗まれた盗品だ。盗品を〈蒐書館〉に渡すわけにはいきませんな」

不思議な理屈を並べると、箕輪は一言、俊哉、と顎をしゃくった。俊哉がへっぴり腰で立ち上がり、狭いパイプ椅子の間を通って前に出て、時刻表に手を伸ばした。が、次の瞬間、彼はぎゃっと叫んだ。顔を真っ赤にしたクラノくんが、いつのまにかドアを背に立ち、俊哉の脇と首に手を入れて締め上げていた。

「そ、その時刻表、お、俺がもらいます」

俊哉が暴れて近くにいた客を蹴飛ばし、狭いサロンは大混乱になった。近くにいた客たちは我先にと逃げ出した。はずみでパイプ椅子が倒れ、何人かが転げた。もう一方のドアを誰かが開け、雨が室内に吹き込んできた。富山が時刻表を抱え込み、壇からあとずさると、クラノくんは泣きそうな声でわめいた。

「持ってかないで。も、もらうったって、本当にもらうわけじゃなくて、貸し、貸してもらうだけ。お父さんがガンで入院してて、その時刻表がいるんです」

「孫を離せ」

箕輪が黒檀のステッキを振り上げ、〈梁上公書房〉が悲鳴をあげた。クラノくんは汗を撒き散らしながら叫んだ。

「お、俺、別に暴力振るったりしませんから。信じてもらえないかもしれないけど、アレは俺じゃない。ここのマスターから、その人がABC時刻表を探しに三河島の古本屋に行ったかもしれないと聞いて後を追いました。三河島には古本屋は二軒しかなかったので、先回りをしたんです。でも、アレは俺じゃない」

クラノくんはまっすぐわたしを見ていた。俊哉の首はその太い腕に抑え込まれ、顔が真っ赤になっていた。

うわー。

本日最終日、ABC時刻表についての特別発表がありますとSNSに書き込んで箕輪重光と俊哉をおびき寄せ、塩田、針谷、〈梁上公書房〉に来店をお願いした。それにより「ABC時刻表を取り戻し、〈MURDER BEAR BOOKSHOP〉のフェアを盛り上げる」目的が果たせると思った。もちろん、SNSを見たクラノくんがやってくることも想定していたが、まさかいきなり暴れ出すとは。

わたしは足元に気をつけながら前に出た。

「大丈夫、わかってる。きみが逃げた直後、〈梁上公書房〉さんの顔の血はすでに乾いてたし、腕に残っていたあざは細長かった。きみが店に行くずっと前に、誰かが細長い棒状のもので殴ったということよ」

箕輪が振り上げたステッキをそそくさと下ろした。それを横目にわたしは続けた。

「きみの単行本サイズのバッグには長い凶器は隠せなかった。ねえ、腕の力を少しゆるめようか。その人を窒息させるつもりがないのなら……」

近づきすぎたのか、クラノくんがさらにギュッと俊哉を引き寄せた。

「わかったんならいいです、とにかく時刻表を調べたいんです。調べ終わったら〈松尾蒐書館〉でしたっけ、ちゃんと返しますから」

富山がそろそろと前に出て、抱え込んでいた時刻表を壇のテーブルに戻しかけた。クラノくんが俊哉の体を押し出してそちらに近づいた。箕輪が再びステッキを振り上げ、手近なパイプ椅子を殴りつけた。金属音が鳴り響いた。

「なにを言ってる。調べる？　なにを調べるっていうんだ。冗談じゃない」

「なら、あなたに返しますから」

はずみで力が入ったらしく、俊哉の喉がぐえっ、と鳴り、今度は顔が青ざめてきた。

わたしは手を広げ、なだめるように上下に動かしながら言った。

「クラノくん聞いて。〈九四式事件〉の現場に居合わせた、もう一人の神岡武一の愛人は倉野マホ子よね。あなたの親戚？」

「そ、祖母です」

　倉野くんはしゃくりあげながら言った。

「ひょっとしてきみのお父さんは、自分の実の父親は神岡武一だと思ってるんじゃない？　きみはそれを調べてあげたい。そのために時刻表が必要なのよね。〈九四式事件〉で銃弾は神岡の肩を貫通し、ＡＢＣ時刻表に着弾した。つまり、その時刻表には神岡のＤＮＡが付着している。そう思ったのよね」

　何人かの客があっ、と言った。倉野くんが鼻をすすった。

「お、お父さんは倉野のおじいさんに、おまえはおばあさんが浮気してできたガキだって殴られ続けたんです。それにおじいさんは悪いことをして刑務所に行った。お父さんは犯罪者の子だと今度は周囲にいじめられたけど、そのうち〈九四式事件〉のことを知って、もしかしたら自分は犯罪者の子じゃないのかも、世界的な作家の子どもなのかも、それが知りたいっておお父さん、うわ言みたいに。亡くなる前にはっきりさせてあげたいんだよ」

　興奮しきった倉野くんの腕の中で、俊哉のもがくような動きが徐々に弱々しくなってきた。わたしは焦った。もう少し穏便に発表するつもりだったのだが、こうなったらしかたがない。

「きみの気持ちはわかった。でも、その時刻表から神岡のＤＮＡは出ないよ。だってその時刻表、偽物だもの」

誰かがひゅっと息を飲んだ。箕輪が凄まじい目つきでわたしをにらんだ。倉野くんがぽかんとした。パトカーのサイレンが近づいてきて、もう一つのドアから出ていった客たちの動きで、サロンの外が慌ただしくなった。

「鈴木医師の遺族に確認しました。神岡の自白後、鈴木家は本当に大変だった。開業のために借りたお金が返せなくなって奥さんの実家の土地を売ったり、私立校に子どもの入学を断られたり。なのに神岡からは謝罪もなかった。〈蒐書館〉から購入の申し出があって、あんなヤツの遺品が今後も大切に保管されると思ったら腹が立ったんでしょう、奥さんは時刻表をひっちゃぶき、燃やせるゴミに出したそうです」

「では、奥さんが捨てましたと言ったのはホントの話だったと」

塩田奏が身を乗り出した。わたしはうなずいた。

「神岡武一に詳しいという老いた古本屋が訪ねてきて、ぜひ時刻表を譲って欲しいと言われたときも、同じ説明で門前払いをしたそうです」

その老いた古本屋はもちろん〈梁上公書房〉の先代で、贋金造りの経験もあると噂されるくらいだから器用だったのだろう。ネット書店に注文すれば〝THE ABC RAILWAY GUIDE〟など十年前でもわけなく買えた。彼の手元には神岡武一の蔵書票もあった。湯気を当てて別の本の蔵書票を剝がし、日付を書き込んで貼り、本に穴を開けてそれっぽく歪ませる。それでこの世に一冊しかない、貴重なＡＢＣ時刻表のできあがりだ。

「なんだ、それじゃあんた、その古本屋に偽物を売りつけられたのか」

塩田が目を丸くして箕輪を見た。〈梁上公書房〉がボソボソと言った。

「偽物って言い方はどうかと思います。それはうちのオヤジが作った芸術品だ。オヤジは客の望みを叶える天才だったんだ」

だから捨てて欲しくなかった。〈梁上公書房〉は病院のベッドの上でそう口を割った。

先代の三回忌がすんで、帳面や日記、在庫などを調べるうちに、〈梁上公書房〉は父が生前隠していた諸々《もろもろ》の事実を知った。ＡＢＣ時刻表の偽物を顧客の箕輪重光へ売りつけていたことにも気づき、箕輪を訪ねて打ち明けたのだ。あれはオヤジの芸術品なのだと。

箕輪は仰天したに違いない。時刻表が「自宅に届いたときには天にも昇る心地だった」。それは珍しい本を入手できた喜び以上に、塩田の鼻を明かしてやったという満足感が大きかったからだろう。そのためにガードが下がり、見事に騙《だま》されてしまったのだ。

もちろん怒りもあったろうが、それよりも騙されたという事実そのものがまずかった。富山が言ったように、ぺてん師に騙されるお人好しは「企業の役員失格」だと言われかねない。まして今は、白鷗翁の名が由来である系列の〈ホワイトフェザント・ホテル〉

の不正経理問題が取りざたされている。これから創業家と新勢力との主導権争いが激化するだろうに……。

そこへ富山から連絡が来て、時刻表展示について頼まれた。そこで箕輪は思いついた。時刻表をただ捨てたりしたら、〈梁上公書房〉が騒ぎかねず、自分が騙された事実がさらけ出される。それより〈MURDER BEAR BOOKSHOP〉に本物として展示させたのちに、店から盗まれてしまえば、どこかの時点で偽物にすり替えられたのかもしれない、ということもでき、状況を混乱させることができる。富山にうまく持ちかけられたからでも、『オリエント急行と文学』三冊セットが欲しかったからでもない、偽物と承知していたからこそ、〝愛書〟を平気でうちに貸し出したのだ。

だが、事態は思わぬ方向に動き出した。時刻表は予想以上に注目を集めてしまった。俊哉が利用したトサキはとんでもない男だったし、「有能な探偵」は早々に孫の関与を暴《あば》き出した。うちのSNSにより、時刻表が貸し出された事実を知り、気になった〈梁上公書房〉が様子を見にきて強奪に気づき、しつこく時刻表の後を追って入手してしまった。状況から、箕輪が時刻表を捨てるか破壊する可能性に気づいた彼は、父親が残していた神岡の蔵書と共に、秋に神岡の特別展を開く予定の〈松尾蒐書館〉に時刻表を送った。箕輪が三河島に駆けつけてきたときにはすでに荷物は発送された後だったし、〈梁上公書房〉はどんな乱暴な目に遭わされても、どこに送ったのか決して話さなかった……。

「偽物……本当に……」

倉野くんの腕が緩み、俊哉の体が床に崩れ落ちた。喉を鳴らしながら懸命に呼吸をしている。二方向のドアから警官たちが勢いよく入り込んできた。

不穏な眠り

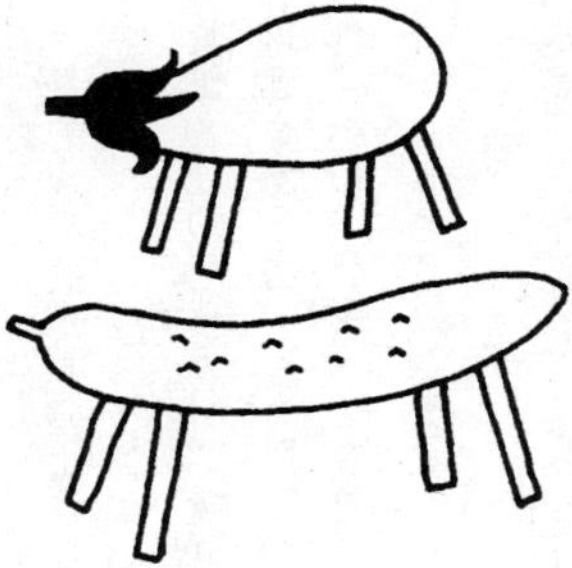

1

世田谷通りでバスを降りた。新暦の盆の入りだった。夏の前哨戦のような暑さと湿気に息苦しさを感じながら、坂を登った。

戸建てのめだつ住宅街だった。かつては村はずれだったのだろうか。枝豆やツルムラサキ、ナスの植わった畑が残り、お稲荷さんやお地蔵さん、古い寺も目についた。自動販売機が道端に並び、ペットボトルが打ち捨てられ、たわんだ政治家の顔がシミだらけのブロック塀に節操なく並んでいる。武蔵野はいまやどこもこんな光景だ。美も詩趣もあったもんじゃない。

目的の住所にはすぐに行きついた。線香の匂いを感じて立ち止まり、〈岩尾《いわお》〉という表札を確認して目を疑った。活気ある二世帯住宅を訪ねるつもりが、目の前にあるのは手入れの悪い木造住宅だ。雨どいに猫じゃらしが生え、軒先にオオミズアオが張り付き、すでに乾いてごわついたタオルと色あせた女物の肌着がドクダミの群生の上にだらりと干されていた。カビと下水がいりまじった臭いが鼻をついた。

調査の最初から勢いよくつまずいている。期待しないように自分に言い聞かせ、チャイムを押した。インターフォンに出たのは年配の女性だった。来意を告げると、息を飲んだ気配と沈黙の後、応答があった。

「……原田宏香《はらだひろか》さん。覚えています。昔、お隣で亡くなった方ね」

干しっぱなしの洗濯物に、住人の認知機能を疑ったのは間違いだったらしい。テキパキとした話しぶりだった。

「その件で少しお話をうかがえませんでしょうか。お時間は取らせませんので」

「ええ、ええ、かまいませんよ。いま、鍵を開けますから」

旧式のインターフォンの受話器がかけられる、がちゃんという音を聞きながら、わたしはようやく調査が転がりだした手応《てごた》えを感じていた。

わたしは葉村晶という。国籍・日本、性別・女。東京都下吉祥寺の住宅街にあるミステリ専門書店〈MURDER BEAR BOOKSHOP〉の店員にして、この書店が半ば冗談で始めた〈白熊探偵社〉に所属する、ただ一人の調査員でもある。探偵社の事務所にしている店舗二階の一室に移り住んで、半年が過ぎた。

職住一体はいいことばかりではない――調子こいたオーナーに私用まで言いつけられる――が、メリットも大きい。なにしろ家賃がない。通勤がない。昼食を家で済ませられるから、ロスする食品も出ない。読む本に困らない。近所には農家の直売所も、スーパーやデパ地下もある。〈白熊探偵社〉への依頼がほとんどない現状での収入は、書店のアルバイト代と大手の調査会社の下請け代だけとたいへんにささやかだが、これまで以上に出費も減った。

おまけにここに越してくる前後、わたしが火事その他の事情で家財道具を失ったことを知ったご近所さんたちが、よければ使ってといろんなものをくれた。うがった見方をすれば、あちらにとっても不用品処分のチャンスだったに違いないが、それでもありがたかった。あちこちから古いセーターばかりしめて三十枚近くも受け取るハメになり、直後、ダニに刺されまくったとしても、だ。

中でも鈴木《すずき》夫妻からは、松本家具のサイドボード、本物のペルシャ絨毯《じゅうたん》、カリモクのソファセットをもらった。鈴木夫妻は八十代の元教師で子どもはなく、五軒先の古い平家に住んでいて書店の常連、一度だけだが探偵社の依頼人になったこともある。小柄な夫妻が楽しそうにしゃべりながら寄り添って歩く姿は、町内でおなじみの光景だった。

とはいえやはり、古い一軒家での暮らしがこたえるようになったと、今年に入って夫妻は房総半島の高齢者向けマンションへの入居を決めた。その準備にあたって、いらなくなった家具類（とセーター）をわたしにくれたのだ。売れば多少のお金にはなるだろうけど、知っている人が大切にしてくれている方が嬉しい、と言って。おかげでコンパネの配置や壁紙の張り替えといったＤＩＹでかろうじて体裁を整えた〈白熊探偵社〉の事務所にぐっと品格が備わった。わたしは夫妻に深く感謝し、引越しの際にはなんでもしますと請け合った。

だが、夫妻がそろって引越しをする日が来ることはなかった。寒の戻りのあった朝、救急車のサイレンが鈴木家の前で鳴り止んだ。鈴木夫が前夜、風呂から出ておやすみなさいと床につき、それっきり起きてこなかったのだ。

遺言で葬儀はこぢんまりと行われた。いっときは教え子たちの弔問がたえなかったが、七月に入るとそれもやんだ。妻の品子《しなこ》は梅雨明けを待って、海辺のマンションへ一人で引っ越すことに決めたと聞いた。そこで晴れ間を見はからい、手伝いはいらないかと顔を出したところ、死んだ夫の蔵書の処分を頼まれたのだ。

「あんな雑本ばかり引き取ってくれなんてお願いして、ごめんなさいね」

本を紐でくくって台車に乗せ、買取金額を告げると、品子はそのわずかな金を受け取って、がま口にしまい込みながら言った。短い間に、彼女の指の節々はめだつようになっていた。

「その雑本の出どころは、おおかたがうちの店です」

「あら、そういえばそうよねえ」

品子はふき出して、軽くわたしの肩をたたいた。

「私たち、毎日のようにおたくをのぞいたんだった。夕方、直売所を経由して、公園を突っ切って、時にはマルイの裏でクレープを半分こして食べて。ロンロン市場で夕飯の買い物をして、最後に〈MURDER BEAR BOOKSHOP〉に寄って本を選ぶの。ご近所に本屋ができたこと、ウチのは本当に喜んでたのよ。引越し先の近くには本屋がないのよね。それだけが残念だって」

白髪をまとめたシニヨンがため息とともに揺れたが、すぐに品子は口調を変えた。

「あら、ごめんなさい無駄話を。葉村さん、まだお時間あるかしら。調査の依頼をしたいのだけれど」

調査の依頼！　なんと美しく、久しぶりに聞く響きであることか。

舞い上がりながら買い取った蔵書を店に運び、ノートや書類を持って戻った。品子は二人ぶんの麦茶とeccoの靴箱が載ったダイニングテーブルについて、わたしを待っていた。

「実は、私にはとても気になっていることがあるの」

向かい合って座ると、品子は背筋をピンと伸ばして話し出した。

「十二年前の春、従妹《いとこ》が死んだという報《しら》せが来たの。他に身寄りもないから、遺骨はもちろん彼女の家も、私が引き取らざるを得なくてね」

その家は世田谷通りにほど近い住宅街にあった。渋谷行きのバス停まで徒歩三分、近くにはショッピングモールや学校もあって便利だが、通路の幅が一メートルという猫の額ほどの旗竿地に、年代物の安普請《やすぶしん》が載っているという物件だ。当時は更地《さらち》にすると固定資産税が高くついたし、建築制限から新築は難しい。買い手や借り手どころか、扱ってくれる不動産屋すら見つからなかった。

「一度、必要な書類を探しに行ったんだけど、手入れを怠った庭はジャングルみたいで、建物にたどり着くのもやっと。近隣の方々も迷惑だと暗におっしゃるし、従妹の遺したお金で便利屋さんを雇うことにしたわけ」

　東隣の岩尾家が紹介してくれた便利屋は〈成城今井《せいじょういまい》サービス〉、代表者は今井義孝《よしたか》という、岩尾の友人で退職後の消防士だった。自宅を事務所に始めたばかりというので、試しに頼んでみたら、ほんの数時間で枝を切り落とし雑草を抜き去って、ゴミをリサイクルセンターに持ち込んでくれる働きぶり。心算よりもかなり安く済み、以後、頼りにすることになった。だからその今井に、奥さん、よければこの家自分に貸してもらえませんか、倉庫兼事務所に使いたいんですと言われたときも、二つ返事だったという。

「今井さんが使ってくれるなら家の心配はしなくていいし、家賃が入るでしょ。あちこち直す費用はかかったけど、赤字にならないだけで御《おん》の字だったのよ」

　おかげで世田谷の家のことなど考えずに済むようになって、一年後。突然、若くはない女の声で、奇妙な電話がかかってきた。

「名乗りもせず、怒った猫みたいな鼻息を立てながら、おたくはどういうつもりであんな女を家に出入りさせてるんだ、と言うわけ。心当たりもないし、ネジの緩んだ人かしらと思ったんだけど、よくよく聞いてみると世田谷の家の話なのね。それで〈成城今井サービス〉に問い合わせたら、急に今井さんの歯切れが悪くなったの」

　鈴木品子は小柄でひ弱そうに見えるが、元教師で現在も頭脳明晰だ。適当な言い訳でごまかされることなく今井を追及した。その結果、

「原田宏香という女性を住まわせていることを認めたわけ」

原田宏香は当時四十歳。今井が現職だった頃、常連だった飲み屋で知り合い、問題の電話の数ヶ月前にその店で再会した。そこで彼女が、戸山の集合住宅にある友人宅で暮らしていたが、ボヤが起きたため家を出てきたところだと知った――今井はそう説明した。

「今井さんは、だったらうちの事務所を使っていいよ、と申し出たのね。キチネットとシャワーもあるし、事務所といいながら倉庫のように使っていたから普段は誰も出入りしていない。次の住まいが見つかるまでという約束だったそうなんだけど」

ところが、原田宏香はそのまま居座ってしまい、今井が仕事の材料を取りに寄ると、しどけないネグリジェ姿で出てくるようになった。これでは愛人を別宅においていると誤解されかねない。家族や世間の目もあるし、そろそろ出ていってくれと何度も催促したが、一向に出て行く気配はない。かといって力ずくで追い出すわけにもいかず、ズルズルと月日が過ぎてしまった――と今井は言った。

「でも、鈴木さんにまで迷惑かけたんですから、今度こそちゃんとします。そう今井さんが言うから、信用して任せたわけ。それっきり連絡はなかったけど、変な電話もかかってこなくなったし、解決したものだと思ってたのね。ところが、それから三週間近くたったある日、突然、警察から連絡があって、世田谷の家で女性が亡くなっていましたと言われたのよ」

死体を発見したのは久しぶりに事務所を訪れた今井義孝で、原田宏香の持ち物が残っているのに本人がおらず、シャワールームから悪臭がするので警察を呼んだ。暑い時期だったこともあり、遺体はひどい状態だったが、目立った外傷はなかった。建物に鍵はかかっていなかったが荒らされた様子はなく、窓のないシャワールームは内側から施錠されていた。歯科治療記録で遺体が原田宏香本人と確認されると、死因は急性心不全としてこの件は片づいた。

「あとで聞いたら、私との電話の直後、今井さんは宏香さんに会ったのね。そしたら宏香さんは出て行くつもりだったらしく、荷物をまとめ始めていたそうなの。直後に同居していた今井さんのお義母様《かあさま》が亡くなったり、今井さんが尿路結石で病院に担ぎ込まれたりして、しばらくは彼女のことなどかまっちゃいられなかったって」

なんとなく釈然としなかった品子は、警察の担当者に直接、例の電話について話したが、鑑識作業は念入りだったこと、第三者の侵入の痕跡はなかったことなど、嚙んで含めるように言い聞かされて終わった。今井からは賃貸契約解除の申し出が、東隣の岩尾家からは、二世帯住宅への建て替えのため敷地を広げたいという打診があった。あんな不吉な家はなくすにしくはない、将来、あの土地が子どもたちの笑い声の響く住まいになるなら、死んだ人への供養にもなる——夫からそう勧められたこともあり、品子は家屋の解体は任せる条件で、土地を岩尾家に譲ったのだった。

「でもね。原田宏香さんに近親者はおらず、遺体は役所で所定の手続きを経て荼毘《だび》に付され、一年後には無縁仏になった。そうと知って、どうにもやりきれなくて。解体の直前、こっそり家に行ってみたの。中身が空《から》のピンクのスーツケースがあって、蓋《ふた》の裏側のポケットにこんなものが残ってた」

品子は靴箱から、色あせたキャラクターハンカチ、毛糸のあやとり紐、千代紙やチラシで折った鶴が十数羽……昭和の小学生女子の宝物を取り出して、一つ一つテーブルに並べた。

「これを見て思ったのよ。近親者はいなくても、どこかに誰か、彼女を思っている人がいたんじゃないだろうか。一緒に散歩したり、買い物したり、お茶してクレープを半分こするような相手が。まだ四十歳の若さだったのだもの、相手もまさか彼女が死んだとは思ってもないのじゃないかしら。そう考えたらたまらなくなって、内緒で持って帰ってきちゃったの」

品子は愛《いと》おしむように「宝物」を眺めた。その老いた顔の中に、七十年以上も昔の乙女がかいま見えた。

「でも引越しにあたっては、これも捨てるしかない。実際、一度は捨てかけたんだけど、ふとあなたを思い出したのよ。ねえ、探偵さん。原田宏香さんについて……彼女を大切に思っていた人について、調べてくれないかしら。そういう人が見つかったら、この宝物を渡してあげたいの」

鈴木品子は従妹の残したへそくりだと、五十万入った封筒をよこした。遺産はかなりあったのだが、家の維持費でずいぶん消えた。余裕もないので、調査はこのお金の範囲内でお願いしたい、と品子は申し訳なさそうだった。

契約書を交わし、靴箱を預かった。時間のたった面倒な依頼ではあるが、依頼は依頼だ。踊り出しそうになりながら〈白熊探偵社〉の事務所に戻って、さっそく検索を始めた。原田宏香にあたりはなく、〈成城今井サービス〉では何度やってもメジャーなスーパーマーケットしかヒットせず、品子から聞いた今井義孝の連絡先の電話番号は使えなくなっていた。

直接、訪ねることにして新宿まわりで小田急線に乗り、喜多見駅で降りた。だが、今井の住所にはすでに別人が暮らしていて、前の住人については不動産屋に聞いてくれとインターフォンを切られた。その成城学園前駅の不動産屋は今井義孝が消防士だった頃から知っていたが、五年ほど前に脳梗塞で倒れたと聞いている、とそっけなく、家族の情報は一切、教えてくれなかった。

もう少し情報を収集整理してから行動に移るべきだった、と後悔しながらスーパーでカツサンドと水を買って、成城学園前駅ビル内のベンチコーナーで遅めの昼食を済ませた。食べているうちに、そうだ、ここからなら、原田宏香が死んだ家のあった世田谷通りの住宅街まで近いと思いついたのだった……。

岩尾家のインターフォンが切れてから、しばらく待たされた。表札の下に家族全員の名前を書く欄のある、個人情報に目くじら立てずとも平和に暮らせた時代の郵便受けがあった。「岩尾唯雄《ただお》・初恵《はつえ》・則雄《のりお》」とある薄れかけた文字を眺めていると、やがて引き戸が開いて頰のコケた女性が現れた。七十代後半だろうか。洗いざらしだがシミが飛び、薄汚れてしまったピンクのシャツを毛玉だらけのパンツの上に着ていた。

おそらく岩尾初恵だろう、女性は膝を庇《かば》いながらかがんで、玄関の上がり框《かまち》に座布団を置いてくれた。周囲には傘や靴が三和土《たたき》の端に積み重ねられ、下駄箱の上や階段に向かう空間には、箱買いしたミネラルウォーターやトイレットペーパー、コードが出たままの掃除機などが無造作に置かれていた。子どもどころか、他の家族の気配すら感じられなかった。

「原田宏香さんの件は、もう十年以上経つのよね。いまさら何を調べるの。遺族も見つからなかったのに、誰に頼まれたのかしら」

「ご遺族でなくても、原田宏香さんを今でも気にかけている人がいるということです。絶対に忘れない人が」

鈴木品子からの依頼であることは伏せて、勧められた座布団に腰を下ろしつつわたしは言った。

「岩尾さんと今井義孝さんは親しかったそうですね。原田宏香さんのこともなにか聞かされているんじゃないかと思いましてうかがったんですが、ご主人はご在宅でしょうか」

返事はなかった。ただ、初恵の息遣いが荒くなり、シャーッ、シャーッと響き始めた。

具合でも悪くなったのかと振り返りかけたとき、目の前に紐のようなものが降ってきて、次の瞬間、わたしの首は締め上げられていた。

2

「十一年前。女性の変死体。シャワールーム。ああ、思い出しました」

ずっと所轄の経堂南署所属だという初老の警官は、汗を拭きながら言った。

「やっぱり梅雨時だったかな。異臭がするって通報を受けて、この家の西側にあったプレハブ小屋に毛が生えたような家に駆けつけたんだった。通報者は元消防士で、シャワールームのわずかな隙間から虫や液体が滲み出ていたのを見て、ただ事じゃないと気づいたんでしょう。シャワールームをこじ開けたりせず、我々の到着を待っていた。病死でしたね、その女性。なんて言いましたっけ」

「原田宏香さん。ただの病死じゃなかったみたいですね」

わたしは喉に手を当て、ガラガラ声で言った。制服警官は聞こえないふりをして、救急車に運び込まれていくストレッチャーを見送った。ストレッチャーに縛りつけられた岩尾初恵は、シャーッ、シャーッと怒った猫みたいな鼻息の合間に、繰り返し叫んでいた。どうしてあんな女を出入りさせたのよ。あんな禍々《まがまが》しい女のどこがいいのよ。二度とアタシの前に現れるな。絶対にそこから出てくるな。

初恵の右手は逆手《さかて》に何かを握っているような形で、振り回されていた。例えば包丁のようなものを。そんな女に庭をうろつかれ、外から呪いの言葉を吐かれたとしたら。恐怖のあまりシャワールームに逃げ込んで内側から施錠したものの、そこから出られず、熱中症のような状態になって気を失い、そのまま亡くなっても不思議ではない。死後三週間たっての発見だったから、初恵の痕跡も繁茂した雑草に埋もれてしまったはずだ。

翌日、経堂南警察署に出向き、通された小会議室で担当者と話をして、もう少し詳しい事情がわかった。

わたしを呼びつけた担当者は塩澤《しおざわ》という、つるんとした顔の坊やだった。同じ部屋には上司らしい男もいて、こちらを観察していた。この聴取でもわたしは、背後からいきなり掃除機のコードで首を絞められたこと、暴れて身をかがめたら一本背負いをかけた状態になったらしく、岩尾初恵が背中から三和土に落ちたことなどの説明を繰り返したが、塩澤はにこやかに首を振った。

「またまた。あなた探偵なんでしょ？　武術の心得があるんじゃないですか。さもなきゃ、ばあさんに突然首絞められて、冷静に一本背負いなんかできませんよ」

「いや、ホントに偶然……」

「大丈夫。あなたが首を絞められた証拠は、そこにはっきりありますからね」

塩澤は声を低め、ボールペンでわたしの首をさした。現在、わたしの喉には掃除機のコードの跡が赤黒い一本線となって残っている。周辺にはコードを外そうとしてわたしが自分で引っ掻いた傷、いわゆる「吉川線」があった。縊死《いし》が自殺か他殺かを見定める、ミステリ好きにはおなじみの法医学用語だが、実物を目にしたのは初めてだ。できれば自撮りして、〈MURDER BEAR BOOKSHOP〉のSNSにアップしたかった。

「先に手を出したのが岩尾初恵だということは、これはもう確定ですからね。安心して話しても大丈夫です。ホントは冷静にぶん投げたんでしょ。責めてるわけじゃないですよ。ボクがもし探偵を雇うなら、いざというとき、ちゃんと戦える人を選ぶし、ひとにも推薦するなあ」

その手に乗るか、とわたしは思った。たとえ、今回の件で岩尾初恵が腰骨か脊椎《せきつい》を損傷し、寝たきりになったとしても、身を守っただけのわたしに法的な責任はない。あくまでも正当防衛だ。ただし、仮にわたしが武術の達人とやらであれば過剰防衛になるかもしれず、状況は変わってくる。言葉を換えれば、警察はわたしの弱みをつかんでコントロールできる。

「十一年前の原田宏香さんの死が、当時警察が判断した自然死ではなくて事件だったってこと、騒ぎ立ててるつもりはありません。そんな立場でもないですし。だからそっちこそ、安心して大丈夫ですよ」

そもそも岩尾初恵の罵詈《ばり》雑言《ぞうごん》からだけでは、原田宏香に対する殺意があったと断言はできず、直接攻撃を加えたわけでもないので殺人罪が成立するか疑わしい。一昔前の見込み違いが大問題に発展するとも思えないが、組織の人間には彼らなりの思惑や不安があるのだろう。

この読みは的を射ていたらしい。上司は不意に立ち上がり、そっぽを向いたまま部屋を出て行った。塩澤は上司を見送るとため息をついて、いや参りましたよ、となぜだか愚痴をこぼし始めた。初恵の供述は変幻自在で、夫・唯雄の新婚時代の浮気、妊娠中の浮気、スナックの女が乗り込んできた話、そして原田宏香についてがぐちゃぐちゃに入り乱れ、エピソードを解きほぐすだけでも一苦労だという。

「初恵の原田宏香に対する憎しみは、死なせて十年以上経つのに全然消えてないんです。気持ちはわかりますよ。三十五年の結婚生活の間、ずっと夫の女癖に悩まされ続けて、やっと迎えた老後は夫婦仲良く、と思っていたら、最後の女が登場、駆け落ちを計画、ですからね。そりゃ頭にもきますよ」

「当の岩尾唯雄はこの件について、なんと言ってるんです？」

「彼は死体発見の数ヶ月のち、えーと、二〇〇五年十月七日に家出をして、それきり音沙汰がないそうです。息子の則雄は現在、家族とともに木更津に住んでまして、母親とも長いこと会っていないと。夫も息子も初恵のしたことを知っていたみたいですね。則雄の妻によれば、則雄は絶対に母親には我が子を近づけないと、ひどく頑《かたく》なだそうだし」

二世帯住宅を作るという口実で鈴木品子の従妹の土地を買い取ったのは、品子を黙らせるため、あるいは犯行現場を消すためだった。品子の従妹の土地が、鈴木夫妻が思い描いたような、子どもたちの声が響く住まいの礎《いしずえ》になる可能性は最初からなかったわけだ。

「要するに家族ぐるみで初恵をかばい、コトを隠蔽《いんぺい》したわけですか」

「夫には罪悪感もあっただろうし、当時すでに子どもが生まれていた息子にしてみれば、母親が人を死なせた事実は隠したかったでしょうし。でも夫にも息子にも重すぎる事実だったんでしょうねえ。結局、家族はバラバラですよ」

初恵は罪の意識と露見する恐怖を抱えながら、一人であの家に暮らし続けた。だから、原田宏香を絶対に忘れない人がいる、の一言で彼女は壊れた。藁《わら》が一本乗っただけで背骨が砕けるほどの重荷を、ずっと背負ってきたからだ。

それにしても、あの干しっぱなしの洗濯物が表していたのが初恵の精神の荒廃だと気づかなかったとは。わたしもヤキが回ったものだ、と思いつつ、塩澤に言った。

「失踪日時を正確にご存知ということは、岩尾唯雄の捜索願は出ているし、彼を探すんですよね。見つかったら、わたしにも一報いただけません？」

「それはちょっと、ずうずうしくないですか。岩尾唯雄の個人情報も捜査上知り得た事実なんで。探偵に教えられるわけないでしょ」

今の今までペラペラ喋《しゃべ》っていたくせに、塩澤は頰を膨らませた。わたしは唾をのみこみ、まだ痛む喉に顔をしかめた。

「さっきも言いましたけど、原田宏香の件で警察に迷惑はかけませんよ。少なくとも、わたしは」

「どういう意味です？」

「わたしの依頼人は八十代の元教師で頭脳明晰、十一年前にも原田宏香の死に疑念を抱いて、当時の担当者と話をしています。今回の件、まだ話していませんが、伝え方によってはとんできて大騒ぎするかも」

というわけでよろしくね、と名刺を渡し、できあがった調書にサインをし、喉にスカーフを巻いて経堂南署を出た。暑苦しいが、絞殺痕(?)むき出しだと、すれ違う人が皆ギョッとするのでしかたがない。

雨の中、農大通りを経堂駅に向かって歩き、駅前のショッピングビル内のベンチに腰を下ろして、これまでに得た情報を整理した。岩尾唯雄が見つかるまで、この方面は行き止まりだ。別のアプローチを考えよう。

依頼を受けてすぐ、下請け仕事を回してくれる大手の調査会社〈東都総合リサーチ〉の桜井肇に連絡をとり、原田宏香の戸籍や住民票などの基本資料を取り寄せてもらうなどの手はずをつけていたが、これには時間がかかる。他にわかっていることはと、メモを見返した。今井義孝はどこかの飲み屋で原田宏香と再会した。彼女は新宿区戸山の集合住宅にある友人宅で暮らしていたが、ボヤが起きて部屋を出た……。

十数年前の又聞きの又聞きだ、期待せずにスマホで検索をかけた。驚いたことに、それらしいヒットがあった。

二〇〇四年十一月十五日、新宿区戸山四丁目の都営住宅……号棟一〇一号室の北野頼《きたのらい》さん（二十八歳）宅で火災が発生した。火は北野さん宅の玄関周りを焼いたのち消し止められたが、北野さんの同居女性（三十九歳）が煙を吸って病院に搬送された。出火場所の玄関にはふだん火の気がなかったことから、放火の可能性も視野に入れ、消防と警察が出火原因を調べている……。

検索を続けたが、事件が解決したというニュースは出てこなかった。集合住宅への放火は大惨事になりかねず、捜査は念入りだったはずだ。なのに未解決。ふと、火をつけたのは、その同居女性だったのかもしれない、という考えが頭をよぎった。

今度は北野頼について検索して、「ネイチャーアーティスト　RAI the NORTHFIELDさん」のＳＮＳを見つけた。上半身がやたら裸のセルフィーと自慢話の合間に、自然と一体化する的な詩、魂の浄化をめざすとして迷惑にも中州で野営した話、星空の下でのセックスをテーマにした和歌などが盛り込まれ、写り込んでいるキャンプ道具はどれも高価なブランド品。あんまりお近づきにはなりたくないタイプだ。

うんざりしながら遡《さかのぼ》って読むうちに、自宅近くの「山手線内の最高峰・箱根山」への登頂が三百回を超えた、という書き込みを見つけた。標高四十四・六メートルでは三百回登っても大した自慢にはならないだろうに、頼は葵の御紋付きの登頂証明書を手に誇らしげだ。場所は新宿区戸山、都営住宅の近くだ。

ネイチャーアーティストとやらの活動が儲かるとも思えないから、北野頼がいまだに都営住宅に住んでいる可能性は高い。火事で部屋を移ったかもしれないが、これだけのめだちたがり屋だ。きっとすぐに見つかる。

小田急線で新宿に出た。タクシー待ちの列を横目に西口広場を突っ切っているとき、十二時になった。思いついて、メトロ食堂街の更科《さらしな》そばの店に入った。ここは立ち食いスペースでも春菊の天ぷらそばが八百円する。だが、万年閑古鳥《かんこどり》の〈白熊探偵社〉に久々に依頼があったのだし、殺されかけた翌日だ。このくらい奢《おご》ってもバチはあたらないだろう。

まだ違和感の残る喉に白いそばを勢いよくすすり込んだ。飲み込めずにむせた。バチがあたったらしかった。

歯に挟まったネギと舌で格闘しながら、東京女子医大行きの都バスに乗った。雨は降り続き、ひっきりなしに流れ落ちる水滴をワイパーが健気に拭き続けていた。座席でスマホを出し、あらためて戸山付近の地図を確認して、怯《ひる》んだ。戸山の都営住宅群は想像以上のマンモス団地だった。この雨では聞き込みをするにも人は少なく、立ち止まってもくれないだろうし、なにより広範囲すぎる。

以前と同じ部屋に今も北野頼が住んでいますようにと祈るうちに、バスは明治通りから大久保通りに入り、二つ目の停留所に停車した。雷鳴がたびたび響き、雨が激しさを増すなか、団地と公園が入り組んだ道を歩いた。あれが箱根山だろうかと思われる小高い場所も見かけたが、鬱蒼とした樹々の間に柴犬ほどもあるカラスが群がり、雨音に対抗するように鳴き声を立てていた。

バス通りからは高層の集合住宅が目についたが、奥まったところには、五階建てエレベーターなしの、いかにも団地らしい建物が残っていた。目的の建物はその古いタイプのものだった。長く住んでいる人が多いのか、鉢植えやベランダ菜園、葦簾《よしず》などでベランダは個性的に彩られていた。

一階の一番端のベランダに、バーベキューコンロやカヌー、折りたたみの椅子やテーブルが所狭しと置かれているのを確認し、入口側へと回った。郵便受けには茶色く変色した「北野」の文字が残っていた。階段を登って左の部屋のチャイムを押し、ノックして声をかけた。やがて、ガチャリと音がしてドアが細く開いた。チェーンがかかったままの隙間に、眉毛のない女の顔がのぞいた。

「すみません、北野頼さんを訪ねてきたんですが、奥様ですか」

雨音にかき消されぬよう声を張り上げた。まだ若い女はうなずいて、なにか言った。宗教かセールス、と聞き取れた。

妻がいるとは想定外だった。わたしはとっさに思いついた口実を口にした。

「保険関係を含めた調査をしている者です。こちらで火災があった十数年前、原田宏香さんが病院に運ばれていますよね。その件で北野さんからお話をうかがいたいのですが」

雨音で声が聞き取りにくいのをいいことに、火災保険や損害保険といった言葉をいい加減に並べていると、女は小さな声で、お待ちくださいと言い、ドアを閉めた。その風に、カレーや防虫剤や体臭が入り混じった、他人の家の匂いが乗ってやってきた。むせるとまた、喉が痛んだ。いまさらながら腹が立ってきた。人様の事情に首を突っ込む稼業である以上、危険な目にあうことも珍しくはない。だからこちらも素早く異変に気づき、回避行動を取れるよう、長年かけて自分を鍛えてきた……はずだった。なのに、この体《てい》たらくだ。

しきりと反省するうちに、ようやくチェーンの外れる音がした。もうむせたくなくて、一歩下がると同時にドアが開いた。

女より早く、包丁が現れた。

3

反射的にドアに飛びついた。包丁を持った女の手がドアに挟まった。女は喚《わめ》きながら内側からドアを蹴った。ステンレスがガチャガチャと鳴り、包丁がドアと擦れて火花が散り、全身の毛が逆立つような金属音が立った。小さめだが、なかなか立派な出刃包丁だった。分厚い刃が至近距離で、ドアの隙間を上へ下へと移動した。

「クソ女」

ドア越しに、唸《うな》るように女が言った。

「いきなりきて、でかいツラして居座って。なにもかもおまえのせいだ。いまさらなんの用だよ、戻ってくんな、また燃やすぞ」

うわー。

力任せにドアを押して相手の腕を折りたくはないが、手加減している余裕もない。後ろ向きにドアにもたれかかって足を突っ張り、全身でドアを押さえながら声をかぎりに助けを呼んだが、喉が痛んで今ひとつ声は出ず、外廊下からみる雨は恐怖さえ感じるほどの勢いになって、あたりは瀑音に包まれていた。ちょうどそのとき、全身ずぶ濡れの北野頼が戻ってきたから良かったようなものの、さもなければ昨日を上回る騒ぎになっていただろう。

北野頼は写真で見るより背が高く、力も強かった。一目で事態を把握したらしく、わたしを押しのけると、包丁ごと振り下ろされた腕をさっとつかみ、女の体を抱え、三和土に濡れたつっかけを蹴り捨てて部屋へ入っていった。ガクガクする膝を叱咤《しった》しつつ、わたしも続いて上がり込んだ。十年以上前に焼けた後だろうか、靴箱や周辺の壁が焦げて変色していた。

玄関左に風呂トイレ、その対面に四畳半、廊下をまっすぐ行くと台所に六畳間。昔ながらの集合住宅の間取りだ。壁沿いに派手なドレスがたくさんかかったハンガーラックが何台もあり、アウトドアグッズが積み上げられたベランダが見えた。ものは溢れているが、シンクや換気扇周りはうちよりもきれいだし、壁にはクリップで止められたガスや電気の領収書が整然と並んでいた。領収書の契約者は「北野乙子様《おとこ》」となっていた。

頼は部屋に乙子らしい女を放り投げ、取り上げた包丁を握ったまま訊いた。

「で、あんた誰」

「保険関係を含めた調査をしております」

わたしは包丁から目を離さずに再度言った。とっさの思いつきにしては、なかなかいい言い回しだ。保険会社所属の調査員と名乗ったわけではないが、そう受け取る人もいるだろう。

「ただの調査員なので、例えば包丁を突きつけられたり、また燃やすぞ、などと放火を示唆《しさ》する発言を耳にしたとしても、通報する義務はありません。原田宏香さんについてお聞きしたいだけなので」

頼は一瞬、棒を飲んだように固まり、ゴクリと喉を鳴らした。

「原田……って、またずいぶん古い話を引っ張り出してきたもんだな。十年以上も前の火災保険について、いまさらなにを調べることがあるんだ？　保険金が残ってるわけないだろ」

「こちらの調査対象はあくまでも原田宏香さんです。北野さんにご迷惑をおかけすることはありません。お約束します」

冷静な口調を心がけた。実際には後頭部から冷や汗が垂れ流れ、カラダ中の関節が笑い続けていたが、気づかれずにすんだようだった。北野頼はシンクの下の扉裏に包丁をしまい込み、少し座っててくれと場を外し、乙子も立ち上がって後に続いた。しばらくの間、夫婦はヒソヒソと話しあっていたが、やがて着替えた頼が一人で戻ってきた。

「確かに当時、あの女はしばらくうちにいたよ」

彼は聞き取りにくい小さな声で言った。

「どういうお知り合いですか」

「お知り合いっていうか……あの頃、女房が妊娠して、俺は出産費用を稼ぐために青梅でニュータウンの宅地造成の仕事についてたんだ。その俄樂山《がらくやま》の現場がひどくてさ。地盤調査がずさんだったのか、掘ると水や砂が噴き出して、しょっちゅう重機が傾いて、怪我人が出るんだ。逃げ出す奴が続出したおかげで逆に重宝されて、都内の重機を扱う現場よりいい稼ぎになったけど、地の果てみたいな山の中だから寮に入るしかない。気晴らしといえば近所の〈遠い砂〉ってスナックに飲みに行くだけだった。そこのママが、俺が妊娠中の女房を置いて働きに来てると知って、心配してくれてさ。あの女を紹介してくれた」

頼は一気呵成《いっきかせい》にそこまでしゃべると、スポーツウォッチを大切そうに腕から外してタオルに包んだ。

「女房の乙子って名前、『末っ子』って意味なんだ。九人兄弟の末っ子だからそういう名前になった。親からの扱いがどんなかわかるだろ。子どもができたって親は頼れなかった」

「それで、原田宏香さんを頼った?」

「ああ……ママの紹介だったから、いいかと思って」

「つまり、あなたは宏香さんを雇ったんですか。まさかタダで妊婦の面倒みさせたわけじゃないでしょ」

頼は咳払いをした。

「いや……あの当時、ニュータウンの宅地造成の現場責任者が、現場近くの小曽木《おそぎ》街道沿いのマンションの部屋を借りてたんだ。あの女はその部屋で暮らしてたんだが、それがそいつの女房にバレて追い出されたところだった。あの女には行くところがなく、こっちは人手が入用だった。いい取り決めだったんだよ。残念ながら、女房と相性が悪くてさ。女房からは、早く追い出してくれって電話が二ヶ月の間、毎日かかってきてたけど」

北野頼の口ぶりはまるで他人事のようだった。わたしは呆れた。

「つまりあなたは、上司の愛人でよくは知らない原田宏香を、妊娠中の奥さんの元へ突然送り込み、奥さんが嫌がっても一緒に住まわせ続けた、と」

頼は面食らってぽかんとし、目を泳がせ、言葉を詰まらせながら言った。

「えーと……そういう言い方はどうかな。ママの紹介だって言っただろ。それに、女房を一人で部屋に置いておくよりマシだと思ったんだ。女房の追い出してくれはただの愚痴だと思ってた。まさか、流産するほどストレスだったとは思わなかったんだ」

経験上、自慢したがりほど、顔突き合わせての嘘は下手だと思う。だが、どこらへんが嘘なのか、いまひとつ摑《つか》めない。

「なんもしなかったよ」

北野乙子がいつのまにかやってきて、ぼんやりと言った。

「あのクソ女。なんもしなかった。頼んでもないのに病院にはついてきたけどね。それでアタシを写メして頼に送ってた。やったのはそれだけ。アタシがあの女に料理を作った。散らかった服や食べかけのスナック菓子を片づけた。洗濯機に放り込まれた服を干してやって、取り込んでやって、畳んでやった。あの女、礼を言うどころか、なんでブラウスにアイロンがかかってないのって聞いてきた」

乙子の声はどんどん大きく、甲高《かんだか》くなってきた。頼が近寄って肩に手を回したのを振り払い、乙子は言った。

「あの女のせいなの。アタシのせいじゃない。この部屋に居座って動こうとしないから、ちょっと火で脅しただけ。下駄箱の上のアロマオイルもあの女が割ったから、それで……」

頼が強引に乙子の肩を抱いて、大丈夫だから、と彼女の頭に向かって言うと、わたしを見て芝居がかった声になった。

「そろそろ帰ってもらえるかな。女房はあの女を思い出すとこうなるんだ。また包丁を持ち出されても困るだろ」

聞きたいことはまだまだあった。頼は原田宏香の名前をほとんど口にすることもなく、あの女と言い続けた。原田宏香の名が乙子に、流産と放火の記憶を呼び覚ましてしまうからだろうが、それだけなのか。スナック〈遠い砂〉のママと原田宏香の関係は。他に原田宏香について覚えていることはないのか。二ヶ月も一緒に暮らした乙子は、彼女から個人的な話を聞いてはいないのか。

だが、乙子のヒステリーが芝居とは思えなかった。頼が乙子を庇ってみせたのも、まったくの演技ではないだろう。光熱費の契約者は頼ではなく乙子だ。頼は平日の昼間につっかけで出かけていた。ブランド物のアウトドアグッズ。一昔前に一世を風靡《ふうび》した、小型車が買える値段のスポーツウォッチ。キャバ嬢の戦闘服にも見えるドレスの山。おそらくこの夫婦、乙子が稼いで頼が使うのだ。そんな暮らしを守るためなら、きっと頼はいくらでも嘘をつく。

わたしは腰を上げ、最後に一つだけ、と付け加えた。

「その現場責任者の名前、教えてもらえます？」

新宿駅前に戻るべくバスに乗り、メールをチェックした。〈東都総合リサーチ〉の桜井から原田宏香の資料が届いていた。さすが桜井、仕事が早い。

だが、宏香の戸籍に父親の記載はなく、母親である故・原田一華《いちか》の本籍も、宏香の本籍や住民票も「青梅市猿成《さるなり》地区俄樂山一番」と、すべて同じ住所になっていた。ニュータウンの現場責任者こと石倉史彦《いしくらふみひこ》が借りた小曽木街道沿いのマンション、新宿区戸山、世田谷通り近くと、わかっているだけでも宏香は三度住まいを替えているはずだが、届け出てはいないわけだ。

がっかりしたところで、バスが終点に着いた。

災害級と思われたひどい雨が嘘のようにやんで、雲の切れ間から薄日が差し、デパートの垂れ幕を照らし出していた。濡れたアスファルトから濃厚な湿気が吹き出し、体にまとわりついた。日も長くなったとはいえ、ほんの数時間もすれば夜になる。今年初めての熱帯夜にならなければいいのだが。我が事務所兼住居にエアコンはない。心の広いご近所もエアコンまではくれなかったし、仮にもらえても自分じゃ設置できない。

若い頃は扇風機一台で夏を乗り切ったものだ、と胸でつぶやき、〈但馬屋珈琲店〉に入った。人工的な冷気と湿度、甘くしたコーヒーで人心地がついて、検索を始めた。北野頼が宅地造成に関わったニュータウンとは、青梅北部にある〈東京ウエストフォレスト・ニュータウン〉だとすぐにわかった。「定年退職後のゆとりあるシニア層をターゲットに、警備会社と看護師が常駐するゲートタウンとして、住宅・都市の整備公団が民間企業と共同で開発した」ものだそうだ。

分譲タイプの一戸建てで、月々の管理費は目をむくほど。それでも都心よりは安く、賃貸と違って追い出されることもない。ニュータウンは余生を自然に包まれて過ごしたいとする向きに人気を博し、二〇〇六年十月に売り出された第一期二十八戸には申し込みが殺到した。その後、二期三期四期と建設が進み、今では百四十戸二百人以上の住人が暮らしている……。

白髪でネルシャツ、ジーンズの男が、ダンガリーのワンピースを着た妻と一緒に、石《いし》窯《がま》で焼いたピザと地元野菜のサラダで仲間をもてなしている、といったたていの宣材写真で埋め尽くされたホームページを隅々まで眺め、ようやく使えそうな情報を発見した。このニュータウンは公団と〈大日向《おおひなた》建設〉〈柊警備SS〉などが共同で設立した〈にしの森アソシエイツ〉が、開発、建設、維持管理を一貫して行なう、とあった。このアソシエイツの住所も、ニュータウンの住所も、「青梅市猿成地区俄樂山一番」だった。

ことによると、俄樂山は原田宏香やその母親のものだったのかもしれない。その山を〈にしの森アソシエイツ〉に売却して、ニュータウンができた。

地区はずれの小さな山が、いったいいくらで売れたのかと考えつつ、地図を呼び出した。俄樂山は青梅市の北部で猿成地区のはずれ、埼玉県に近い。青梅駅からは小曽木街道を道なりに進み、山の中に入っていく細い道の先となる。ただし、俄樂山があった場所には〈東京ウエストフォレスト・ニュータウン〉の文字が覆いかぶさっていた。

住民票や義務教育について考え合わせると、少なくとも子どもの頃、原田宏香は母親と一緒にこの俄樂山に住んでいた、と見るのが自然だ。山一つ越えたところには、公立の小中学校があった。宏香が通ったのはここだろう。

いまどき学校から情報を引き出すのは至難の業《わざ》だ。その方法は考えるとして、やはり現地に行かなければならないだろう。青梅駅でレンタカーを借りようと思いながら、冷めたコーヒーを飲み干し、店を出た。ほぼ同時に〈東都総合リサーチ〉の桜井から、着信があった。

「メール届いた。いつもありがとう。お礼は中野の焼き鳥屋でいい？」

桜井は鼻先でふふんと笑った。

「新井薬師前で新規開拓した、ポン酒と馬肉がうまい店にしてくれよ。元消防士の便利屋についても、いろいろわかったことがあるんだからさ」

店にはすでに到着してるから、と言われて、西武新宿線で新井薬師前駅に向かった。この駅に降りたのは久しぶりだった。改札口の前の古本屋や、十数年前に聞き込みをした喫茶店の健在ぶりを横目に屋根のある商店街を南下し、目的の店の暖簾《のれん》を見つけてくぐった。まだ街は明るく、店は空《す》いていた。桜井が小上がりであぐらをかき、馬刺しをつまみに盃をあけていた。〈ダイヤ菊〉というラベルの一升瓶が傍にあった。

「小津安二郎が愛した酒」

桜井はニンマリとわたしに言った。コイツには、酔い始めると学生時代にハマった映画の話を始める癖がある。そこに至る前に、情報を聞き出さなくてはならない。わたしは注文もそこそこに靴を脱いだ。

「それで？　今井義孝についてなにがわかったの？」

「葉村が二〇〇四年前後に定年退職した消防士だなんていうから、苦労したぜ。実は定年の四年前に辞めてたんだ。で、今から五年前に亡くなってる」

「やっぱり脳梗塞で？」

成城学園前駅の不動産屋を思い出して訊いたが、桜井は首を振った。

「うちにいる元消防士に調べてもらったんだが、とっくにやめた人間だったから死因まではさ。葬儀に出た人間も見つからなかった。同い年の奥さんがいたが、ずいぶん前から家庭内別居状態で、喪主を務めたかわからないそうだ」

「家庭内別居って……原因は女？」

わたしは原田宏香を思い浮かべようとした。女たちに忌み嫌われ、男たちを操って家に入り込んでいた「あの女」。考えてみれば、わたしは彼女の顔を知らない。鈴木品子はもちろん、岩尾初恵や北野乙子からも宏香の写真など出てくるはずはないと、持っているかどうか尋ねもしなかった。

彼女の写真を持っているなら、彼女と駆け落ちするはずだった岩尾唯雄だろうか。ぜひ見せてもらいたいと考えていると、桜井はおくびとともに言った。

「いや、アドレナリン出っ放しの職業の人間がハマりやすいヤツ」

意表を突かれた。

「ギャンブルなの？」

「現場で怪我をして、内勤に回されてから深まったらしい。仕事中に競馬中継聞くようになって、同僚や身内に借金重ねて、クレジットカードを目一杯使ってサラ金に出入り。

お定まりだな。職場でも問題視されて、多摩のはずれの消防署に飛ばされたとさ」

「……例えば、青梅とか？」

「そのうんと北部の、山の中の出張所みたいなとこ」

事情を知らない桜井はこともなげに言った。

「昔ならそれでギャンブルとも縁が切れたんだろうけど、ネットって便利なものができたからな。他にすることもないぶん、かえって病膏肓《こうこう》に入《い》ることになったんじゃないか。もともと今井は愛想のいい働き者で、同僚からも好かれてた。とはいえ金が絡《から》むと人間関係は崩壊するし、原因がギャンブルじゃ同情されない。早く辞めて、退職金で借金を返すしかなかったんだろうよ」

それと自宅を売った金で。わたしは成城学園前駅の不動産屋を思い出した。あの不動産屋がやけにそっけなかったのは、それまでにも借金が原因で訪ねてきた人間がいたからではないか。鈴木品子が、従妹の遺産はかなりあったが家の維持費でずいぶん消えた、と言っていたことも思い出された。信頼していた今井から要求された通りに支払ったであろう維持費だ。

ともあれ、今井が死んでしまっている以上、この方面は行き止まりだ。見ると桜井は、話は終わったとばかりにコップで飲み始めていた。酔っ払ってしまう前に、〈東京ウエストフォレスト・ニュータウン〉造成の現場責任者だった石倉史彦の連絡先を調べてもらえないかと頼んだ。ニュータウンを作った〈にしの森アソシエイツ〉に参加の〈柊警

備SS〉は〈東都総合リサーチ〉と提携しているから、

「内部情報を得るのも、そう難しくはないわよね」

桜井はコップを置いて腕を組み、長々と唸り声をあげた。

「難しくはないが、柊はアソシエイツから抜けようとしてる最中なんだ。理由はいろいろあるが、早い話が面倒で儲からないからだ。訴訟沙汰も起きてるし」

「どういうこと？」

「それは自分で調べろよ。ネットニュースにもなったから。とにかく〈にしの森アソシエイツ〉は柊にとって、今じゃトラブルの代名詞なんだ。少子高齢化と大型のイベントの連打で警備員は払底してる。山の中に警備員は居つかないし、居つかせるためには特別手当が必要だ。それでも警備員はすぐにやめていく」

「なんで」

桜井は酒を呷《あお》って、声をひそめた。

「やばいんだよ。〈東京ウエストフォレスト・ニュータウン〉ってとこは、いろんな意味で」

4

夜通し雨が降った。朝になっても遠慮のない降りかたのまま、側溝の蓋に小さな流れが生まれ、雨樋を伝って下水道に吸い込まれていく水の唸りやリズムがあちこちから聞こえてきた。

ずいぶん前に捨てるつもりだった古いスニーカーを履いて中央線に乗り、立川駅で青梅線に乗り換えた。ごみごみした住宅街という車窓の景色はあまり変わらなかったが、少しずつ家が大きくなり、庭が広くなり、緑が増え、山も見えてきた。吹き出す汗を拭きながら、熟して落ちた梅の実や青いまま裂けてしまったトマトを眺めるうちに、青梅駅についた。

わたしは多摩の生まれ育ちだが、さすがに青梅のさらに奥地ともなると土地勘はまったくない。レンタカーのナビを頼りに小曽木街道を道なりに進んだ。コンクリートの護岸でがっちり管理された黒沢川に沿って、ひなびてはいるが民家が途切れない道を延々と走り続け、不安になってきたところで〈東京ウエストフォレスト・ニュータウン〉の看板を見つけ、しぶきを上げながら左折した。

住宅の裏庭めいたところを抜けると、すぐにうねうねと曲がる山道に入った。ところどころ急で危なっかしく、ひょろひょろした杉林の斜面と道との境にあるガードレールはあちこちで凹《へこ》み、舗装されているのに車は時折バウンドした。どこかで野鳥がけたたましく鳴き、タイヤの下で小枝が音をたてて折れた。ネットニュースを思い出しながら、わたしは慎重にハンドルを切った。

半年前、ニュータウンのとある居住者の具合が悪くなった。救急車を呼んだが、到着まで四十五分と言われた。病院まで送ってもらおうと警備棟に連絡したが誰も出ず、妻は走って警備棟に行ったが二十分待たされ、ようやく現れた警備員は持ち場を離れられないと、要求を拒否。しかたなく妻が運転して病院に向かったが、焦《あせ》ったのか、車はピンボールのようにガードレールへの接触を繰り返し、山道の途中に転がった。幸い、怪我も病気も大したことはなかったが、この不手際を理由に、夫婦は〈にしの森アソシエイツ〉を訴えたのだった。

「俺も監視カメラ映像のチェックに立ち会いましたけどね。二十分待たされたってのは大嘘でした。せいぜい三、四分ですね」

桜井が紹介してくれた〈柊警備SS〉派遣の警備員・蒲勇治《がまゆうじ》は、問題の警備棟でコーヒーをいれてくれながら、日に焼けた顔を歪《ゆが》めて笑った。わたしと同年輩らしい。青梅市中央部の出身だが、ニュータウンの事情通だという。

警備棟はニュータウンの門のすぐ内側にあった。外からの視線を完全に遮る横長の自動開閉の門はものものしいが、警備棟はプレハブで、外灯の近くに巨大な蛾《さえぎ》がしがみついていた。内部にはモニターが並び、門の外とタウン内の道、十数ヶ所の映像が送られてきていた。だが雨の中、映像に人の気配はなく、とても二百人以上の人間が暮らしているとは思えない。それは寂しい眺めだった。

「動かぬ証拠で引き下がったと思いきや、今度は警備員が一人しかいなかったのを問題にし始めた。彼らの目的は大げさにいちゃもんつけて、自分たちの家を高く買い取らせることですからね。最近じゃネズミも知恵がついて、ただ逃げ出したりはしなくなりました」

蒲勇治は悟りすましたように言って、わたしが差し入れた〈モロゾフ〉のプリンの蓋《ふた》を剝《は》がし、一《ひと》飲みにした。

「沈没しかけてるの？　このニュータウン」

「そりゃあね。六十代の、まだ元気なうちなら山の中の暮らしも悪くないけど、みんな歳をとりますから。救急車が来るまで四十五分、病院は遠い、行政の介護サービスも簡単には使えない。冬は寒くて光熱費がかかるし、灯油が切れたら凍死しかねない。でも街中で暮らしてきた人間は、店も病院もエネルギーも手の届くところにあって、簡単に利用できて当然だと思ってる」

そうはいかないストレスからか、文句言い放題の居住者様も珍しくなくて、と蒲は空になったプリンの容器を玩《もてあそ》びながら言った。

「高い管理費払ってるんだから、契約通り看護師を常駐させろ、警備員の数を増やせ、年寄りの管理人は辞めさせて若い奴を入れろって、俺らに直接突っかかってくるんです。ウンザリして、みんな次々に辞めて、余計に手が回らなくなって、苦情はますますキツくなる。悪循環もいいとこですよ」

「暇なのね、居住者様も」

「一流企業で数十年ブラックに働いて退職金を手にリタイア、って人が多いから。人間関係はすべて上下、働く以外に趣味もない。せっかく空気のいい山の中に住んでるのに、一日中テレビ見てたりオンラインゲームやってたり。意地になって毎日バーベキューやってる人もいますけどね。退屈だから他人の事情にやたら詳しくて、女探偵さんがここに来たことも、きっとみんな知ってますよ」

ニュータウンの入居開始直後は雑誌やテレビに取り上げられたり、視察も多くてみんな舞い上がってたんですけど、と蒲は続けた。動けなくなったら俺死ぬわ、と笑って家を買った居住者様も歳をとって、やっぱり死にたくないと気づいたんですかね。

「それに、今回の訴訟の件、〈にしの森アソシエイツ〉内部でも、もめてるんですよ。管理部門担当の公団サイドは柊警備の責任だと言うし、だったら看護師を不在にしていた責任はとか、そもそもニュータウンはもっと町に近い場所に作る予定だったのに建設会社が変更したとか、いまさら言ってもしかたないこと言い合って……あ、いまんとこオフレコです」

「もちろん。でも面白そうね。どうして建設会社は、ニュータウンをこの山に作ることにしたわけ？」

わたしは手つかずだった自分のプリンを蒲勇治の前に押しやった。蒲は子どもみたいな笑顔で受け取り、小声になった。

「ホント言うとこのあたりじゃ、俄樂山は災いの山と呼ばれていたんです」

「そういえば、工事中に水や砂が出たって聞いたけど」

地名はときどき表記を変える。不吉な名前を差し障《さわ》りないものに変更したり、記帳する役人が書き間違えたり。今は「俄に楽しい山」でも、元は「櫟《くぬぎ》を伐採した山」とか、あるいは「俄に落ちた山」だったりして。そう言うと蒲は首を傾げて、

「だったら『蛾が落ちてきた山』かもしれないな。むかしむかし、何百年も前ですが、蛾が大発生したそうなんですよ。毛虫は群れをなして山を降り、畑を壊滅させた。例えばそれがチャドクガだったら、成虫にも毒がありますからね。胸元に飛び込まれでもしたひには、胸が赤くかぶれてものすごく痛痒《いたがゆ》い。知り合いは、毛虫の吐く糸がジーンズ越しに足についてかぶれたと言ってました」

猛毒の毛虫の大群が山を降りて押し寄せてくる……考えたくない光景だ。

「そこで村人は毛虫ごと山を焼いた。その時、山主の一家も赤ん坊もろとも全員生き埋めにされたという伝説があります。責任を取らされたってことですかね。その後、近くにお薬師さんを祀《まつ》って山主一家の供養をしたそうですが、皆殺しにされてから供養されてもねえ」

「なんだか、ますます俄楽山はニュータウンにふさわしくなさそうだけど」

蒲は二つ目のプリンを、今度は一匙ずつすくって食べ始めた。

「最初は、岩蔵街道沿いの古い公団団地を取り壊してニュータウンにする計画だったんですが、説明会で下手を打って住民たちともめたんです。公団ってもともと政府の全面出資でできた組織だから、立ち退き完了まで何十年かかってもいいかと鷹揚《おうよう》に構えてる。

でも、民間企業との合同事業でそれはないでしょ。業《ごう》を煮やした〈大日向建設〉が、すでに購入していた俄樂山を候補地に提示して、その案を強引に認めさせたわけ。地元は猛反対だったそうですけどね」

「へえ。だけど〈大日向建設〉はなぜ俄樂山を買っていたのかしら」

「四半世紀前はゴルフ場予定地だったみたいですよ。ゴルフ会員権で儲けるのが流行《はや》ってましたからね。でも、バブルがはじけて計画が頓挫した。例の山主の末裔《まつえい》はずっと俄樂山で暮らしていたので、ニュータウン建設が本決まりになると、今度は立ち退き料をせしめたそうです」

「同じ土地で二度も金を巻き上げたの？　やるわね」

「その山主、原田一華っていう女で、元は〈大日向建設〉に勤めていたそうなんです。しかも退職して戻ってくるなり父親のわからない娘を産んだ、って」

突然、原田宏香の母親の名前が出てきて、わたしは飛び上がりかけた。原田宏香が〈大日向建設〉関係者の落とし胤《だね》？

「その話、ホント？」

「どうだか。言い伝えがホントなら、村人は原田家に対して複雑でしょ。先祖が一家を皆殺しにしたわけだし、一方で、原田家が山をちゃんと手入れせずに蛾の大発生を招いたおかげでひどい目にあった、という被害感情もある。原田家は長いこと、地域のアンタッチャブルみたいな存在だったんじゃないですか。ところが原田一華は戻ってきて以降も金回りが良かったし、災いの山はいわば二度売れた。それが面白くない人間なら、あることないこと言いますよ」

　俺、大学では民俗学専攻で、と蒲は分析してみせて、先を続けた。

「自分も親や親戚から、こんな不吉なところで働くのはやめろと言われてます。手当がいいんで、この仕事に知り合いを何人も紹介したんですが、みんな親戚圧力に耐えきれずにやめていくんです」

「てことは、その大昔の災いがいまだに尾を引いてるの？」

　急に蒲はためらって、言葉を濁した。わたしは自分用に買ってきた個包装のバームクーヘンを出した。彼は礼を言ってコーヒーのおかわりを注ぎ、一気に食べてさらに糖分を補給すると、オフレコってことで、とまた言った。

「このニュータウン、他にもいろいろあるんですよ。まず原田一華ですが、彼女は立ち退き料で飲み歩き、急性アルコール中毒で死んだんです」

　戸籍の内容を思い返した。一華は一九三五年生まれで二〇〇一年に死んだ。宏香は一九六五年生まれだから、そのとき三十六歳だった。

「このとき、一緒にいたのがアソシエイツの社員数人と雇われ地質学者だった。彼らは具合が悪くなった一華を置き去りにしたそうです。それがたたったのか、まもなくその全員が、全員がですよ、重い病気で退職していったとか」

　現場も怪我人続出で一時は職人が集まらず、しまいには現場責任者まで逃げ出して、建設は宙に浮きかけた。入居が始まってからも、居住者様がうつ病を発症した。脳梗塞を起こした。夜逃げした。夫婦仲が悪くなって離婚した。

「散歩中に崖から落ちて亡くなった居住者様もいるし、自殺した居住者様もいる。この土地の死者たちに呼ばれたんじゃないか、と思う人もいるわけで」

蒲勇治は楽しそうにしゃべり続け、宏香の話を聞きたいわたしは苛立《いらだ》った。

「そんな因縁話にしなくたって、大金使って環境が激変した居住者様たちだし、精神状態がどうでも不思議じゃないわよ。だいたい、原田一華に支払われた立ち退き料って、全額彼女に渡ったの？〈大日向建設〉の社員たちが旧知の一華とグルになって、立ち退き料の名目でアソシエイツの金をいただいたんじゃない？　倒れた一華を置き去りにしたのも、彼女との関係を隠したかったからでは？　彼らが辞めたのもそれがバレたからで、重い病気ってのは不祥事を隠す口実では？」

蒲勇治はしげしげとこちらを見て、憐れむように首を振った。

「探偵さんはいろいろ考えますねえ。うちら警備業界には、理屈じゃ割り切れない経験をした人間が多いんですよ。例えば今年の正月、中野の有名な心霊ビルに年越し警備のバイトに入ったおばさんがいたそうですが、この人、一晩過ごして戻ってきたときには血の気がなく、ガタガタ震えてまともにしゃべれなかった。おまけに、なにを見たのか絶対に言おうとしなかったそうです」

「……え——……寒かっただけでは？」

「なにを見たんだろうって、業界中の語り草ですよ。このニュータウンでも見たとか出たとかいう話がたくさんあって、例えば配達に来た生協の」

突然、警備棟のドアがどんどん叩かれ、わたしは飛び上がった。蒲勇治はモニターに目をやって、あーあ、とつぶやいた。白黒のモニターには人の顔がシワシミ毛穴もろとも大写しになっていた。

「八千代《やちよ》のバアさんだ、いつからいたんだろう。面倒な居住者様ですよ」

「聞こえてるよ」

薄いドアの向こうからわめく声が響いてきた。蒲勇治はたいぎそうに立ち上がり、ドアを開けた。高々と盛られたグレイヘア、極太のアイライン、渦巻き模様が描かれたチュニックを着た、六〇年代海外ドラマの幻覚シーンに出てきそうなバア様が、くわえ煙草で立っていた。

「Dの十八号棟のジジイがまたうろつき回ってる。それをわざわざ知らせにきてやった居住者様を、面倒扱いするんかい」

蒲勇治はモニターを振り返り、制帽をかぶりながら外へ飛び出し、ゴルフ場で見かけるような屋根付きのカートに飛び乗った。わたしは好奇心から歩いて後を追った。

雨はほぼ上がっていた。坂を登って行く間に、樹々の梢《こずえ》から雫《しずく》が頭に落ちた。濡れた植物の臭いが空気中に満ちていた。目の前をハタハタと蛾がよぎっていく。静けさの中、ちょろちょろと砂まじりの水が流れて落ちてくる坂を登りきった。目の前に街並みが広がった。道幅も敷地も広い平屋建てが、合わせ鏡に映し出されたかのごとく、縦にも横にもずらりと並んでいる。段々畑のように、少しずつ上へ高さを増しているのでなければ、山の中とは思えないほど整然とした住宅街だ。

カートについた黄色い警告灯が、四列目の十八軒目あたりで止まっていた。息を整えながら、周囲を見回した。どれも似たような造りで、築十年の新しさを保ちつつも、住む人の個性が垣間見える。ハーブやバラを育てている家、草むしりに疲れ果てたのか砂利を敷き詰めた家、不要な家具が出しっぱなしの家、車が三台ある家、バイクにサビが浮いている家。

カートの脇に蒲勇治の制服姿が見えた。下半身丸出しのお年寄りを捕まえようと、話しかけながら手を伸ばしていた。お年寄りは、死の臭いだ、ここには死の臭いが満ちている、と預言者のように叫びながら、風呂から出た子どもが親の差し出すタオルから逃げるように、蒲の手をすり抜けていた。

「困っちゃうわよねえ」

追いついてきた八千代のバアさんが、吸い殻を水たまりに投げ込んだ。

「あのジジイには高級外車で乗りつけてくる息子が三人もいるんだよ。いい加減、誰か引き取るか、施設に移すか、自腹で介護人つけろっての」

「あんな風になって、長いんですか」

「ここ半年かな。奥さんに死なれて、息子たちも顔を出さなくなって、だんだんね。ここは警備が厳重なゲートタウンであって、完全介護の施設じゃない。むしろ一人暮らしの年寄りには不便な住宅街だよ。なのに、管理費払ってるんだからあとはよろしく、なんてとんだ勘違いさ。……あ、気づかれた」

お年寄りがこちらに両手を振り回し始め、八千代は踵《きびす》を返しながら言った。

「行こうか。ギャラリーがいると余計に興奮させちまう」

この騒ぎにも慣れているのか、様子を見に出てくる人はいなかった。あちこちの建物のカーテンの向こうに、テレビの青い光が見えていた。雨が住人たちを住宅内に閉じ込めている。出歩いているのは、変わり者だけだ。

「ねえ、あんた探偵なんだって？　なにを調べてんのさ。あたしはよそ者だけど、地元に知り合いがいるからね。ことと次第によっちゃ、手伝ってやるよ」

「……どうしてわたしのこと、知ってるんです？」

「あの警備員、地声がでかいんだよ。昨日の夜、夜回りの最中にサクライという人と通話してるのが聞こえたんだ。若い頃からイギリスミステリに目がなくてね。女探偵と聞いて素通りはできない。あれがあたしンち。寄ってきなよ」

二列目の左から十二軒目を指さして八千代は言った。そうじゃないかと思っていた。他の家々がナチュラルテイストなのに、その家の外壁は遠目にも鮮やかなピンクだった。軽自動車も鉢植えの鉢カバーもピンクで、同じ色のカーテンが窓の向こうでかすかに揺れていた。

「せっかくですが次の約束もあるし、勝手にタウン内をうろつくのもホントはまずいんです。あの警備員さんを訪ねてきただけですから」

雷のような重低音が遠くに聞こえた。いったん止んだ雨もまた降ってくるに違いない。わたしは奇妙な焦りを覚えていた。若い頃は、雨の中、慣れない道を慣れない車で運転するのさえ心躍る冒険だった。今はそんな風には感じられない。中途半端な怪談やあのお年寄り、桜井の言葉に影響されたのか、一刻も早くこの山を降りたくなっていた。

「だったら、車で下まで送ってよ。小曽木街道沿いで〈遠い砂〉ってスナックをやってるんだ。最近、ランチも始めたんだよ」

八千代はそう言って、ニヤリと笑った。

5

「バブルの頃はトラックの往来が多かった。驚くような山の中に公共施設がバンバンできたからね。不景気になっても周囲には他に飲食店はなかったし、あたしもまだ若かった。一華が知り合いを連れてきてくれたんで、店はなんとか持ちこたえたし、ニュータウン建設中は工事関係者で繁盛した」

山を降りていく車の助手席で、〈遠い砂〉のママこと尾藤《びとう》八千代はそう言った。

重要な聞き込み相手からの誘いをはねつけかけた事実から、わたしはまだ立ち直っていなかった。あのニュータウンに住みながら自分をよそ者と呼び、地元に知り合いがいると言った。イギリスミステリが好きだとも言ったが、〈遠い砂〉は古いイギリスミステリのタイトルだ。となると、少しは引っかかってもよさそうなものだったのに。

「えーと、原田一華さんとはお友達だったんですね」

　わたしは手汗をハンカチに擦《こす》りつけ、ハンドルを切った。八千代はシートにもたれてため息をついた。

「まあね。最初はたんなる飲み友達だったけど、気があって親しくなった。彼女が子どもを産むんでこっちに引っ込んだとき、あたしもいろいろあってさ」

「と言うと」

「いろいろだよ。花の六〇年代、あたしは若くて無鉄砲だった。まずい相手を怒らせちまってさ。田舎には帰れない、都心にもいられない。それで一華の実家に転がり込んだ。当時、一華の父親は死んで、母親が俄樂山の家に住んでいた。一華が母親の介助で子どもを産んだのも、その家だった」

　八千代は不恰好な手巻き煙草を取り出して火をつけた。不思議な匂いが車中に充満し、わたしは窓を細く開けた。ついでにワイパーを動かし、フロントガラスにふんわり載った細かな雨粒を落とした。

「それが宏香さんですね。父親は誰だったんです？」

「一華もそれだけは言わなかった。酔っ払って、とっくの昔に死んだんだし、と呟《つぶや》いてたことはあったけどね。当時は今以上の男尊社会だったし、ＤＮＡ鑑定もなかったからさ。婚前交渉で子どもができても、責任は全部女が引っかぶるものだった。産んで認知を求めようものなら、男の将来を台無しにする気かと非難までされた。ひどい話だね」

「戻って宏香さんを産んでからも、一華さんの金回りは良かったと聞いたんですが、宏香さんの父親サイドから仕送りがあったわけではないんですね」

八千代は煙にむせた。にぎやかに咳をし続け、目に浮かんだ涙を拭いたところで、わたしは彼女が笑っていたことに気がついた。

「確かに一華の金回りはよかったさ。でも、誰かに施してもらってたわけじゃない。あたしが離婚したとき、一華はスナックの開店資金を融通してくれた。彼女たちは図太くて、たくましく稼いでた」

「彼女たち？」

「写真見るかい？」

八千代は携帯灰皿に吸い殻を押し込むと、けばけばしいピンクのバッグから一枚の写真を取り出した。信号待ちでじっくりと見た。ボトルが並ぶレトロなカウンターの内側に女が一人、席には五人の男女が写っていた。写真の隅に'01 08 09とオレンジ色の数字があった。

「カウンター内があたし、中央が一華。美人だろ。死ぬ少し前だね」

八千代が言った。二人とも重たそうなつけまつげをして髪を盛り上げ、ファンデーションを塗って鮮やかな衣装を身につけていた。おそらく本人たちが狙っているほど若くは見えず、逆に若作りが老いを強調していた。

それでも、物憂げにレンズを見つめる原田一華には独特の魅力があった。翳《かげ》りの美とでもいうのだろうか。青白く光る毒キノコ。悪夢めいた毒蛾。見つめ続けたら気が狂う月の光。

「ひなには稀な美女たちのおかげで、店はずいぶん流行ったんでしょうね。この男の人たちは常連さんですか」

「そうだね。一華が連れてきた〈にしの森アソシエイツ〉の関係者とか、こっちの、宏香の後ろにいるのは今井ちゃんって消防士だ。これがギャンブル狂で、金はないんだけど愛嬌があるから、いろんな人間が連れてこられて飲み代を払わされてた」

わたしは思わず口を開けた。今井義孝が出てきたのは想定内だが、その手前に写っているのが、

「これが……宏香さんですか」

後続車がクラクションを鳴らした。信号が青になっていた。わたしは急いで発進した。慌てたために写真が落ちた。八千代は拾い上げて、膝の上でシワを伸ばすようにするとバッグにしまい込んだ。

「丁寧に扱ってくれないと困るじゃないか。彼女たちの遺影と呼べるのはこれだけなんだから」

「あの、その写真、複製させてもらえませんか」

「着いたよ」

八千代はにべもなくそう言った。

街道沿いのくすんだ家々の中で、スナック〈遠い砂〉は異彩を放っていた。真っ白い四角い建物。薄紫のライト。小さな筆文字の看板。夜には幻想的かもしれないが、白昼の今は壁が排気ガスで黒ずみ、雨の跡が残り、ライトにへばりついた蛾が目に飛び込んでくる。だが、駐車場には十台以上のトラックやタクシーが停められ、ランチ営業の盛況ぶりをうかがわせた。

車を停めた。八千代はさっと降りて、振り向きもせずに〈遠い砂〉へ入っていった。

駐車場で方向転換をして、小曽木街道を青梅市街へと戻った。目的の特養ホームは街道沿いの小高い丘の上にあった。来園者専用の駐車場に車を停めた。天気が良ければ、さぞかし陽当たりのいい場所なのだろう。ソメイヨシノの下草はきちんと刈り込まれ、紫陽花《あじさい》が咲いていた。

タイミングよく、桜井から着信があった。〈東京ウエストフォレスト・ニュータウン〉造成の現場責任者だった石倉史彦は、ある日職場から遁走し、以来、行方知れずだと桜井は言った。逃げ出した理由は、借金や使い込みだと言われているが、詳細は不明という。

「石倉は〈大日向建設〉の下請けだった〈牧場土木《まきば》〉の幹部だったそうで、彼が逃げて〈牧場土木〉は倒産したらしい。おかげで関係者の口が固くてね」

礼を言って電話を切ると、約束の一時の三分前だった。受付で宮内《みやうち》ミサへの面会を申し込んだ。前夜、新井薬師から戻ってくると、鈴木家にはまだ明かりがついていた。わたしは品子を訪ね、状況をざっと報告し、青梅に行くこと、そのときに原田宏香の学校関係者から話を聞きたいと言った。そう言えば、元教師である品子がなにかうまい手を考えてくれるのではないかと思ったのだが、結果は予想以上だった。彼女はその場で電話を数本かけ、原田宏香のかつての担任たちや、現在の居場所をあっという間に突き止めてくれた。

「宮内先生はお客様がお好きなんですよ」

胸に〈大井《おおい》〉の名札をつけた、五十前後のヘルパーはわたしに言った。

「探偵さんが話を聞きに来るんだって、朝から興奮してらっしゃいました」

宮内ミサはラウンジのソファに座り、愛想よくわたしを迎えた。だが原田宏香の名前を聞いた途端、その笑顔はかき消えた。そんな生徒は知らない、と先生は言った。覚えていない、聞いたこともない。十五分ねばったが、なに一つ聞き出せなかった。

午後いっぱいかけて、近隣三ヶ所の担任宅や施設をめぐった。どこも対応は似たようなものだった。最後に話した鶴間《つるま》という元教師は、リハビリの一種なのか、千代紙で鶴を折っていた。もしやと靴箱に残されていた折り鶴を一つ出して見せると、鶴間は懐かしそうに手を出した。だが、そこまでだった。原田宏香の名が出るや、彼女はすばやく手を引っ込め、無言で人差し指と中指を交差するように重ねた。息が止まった。

成果もないまま五時を過ぎた。雨は断続的に降り続き、ときおりバケツの底が抜けたように激しく降った。軽く頭痛がした。昼食を抜いたぶん、空腹だったが食欲はなかった。非常食のバナナを車の中で食べ、水を飲み、考えた。

そもそも品子の依頼は「原田宏香を大切に思っていた人を見つけて欲しい」というものだ。担任教師たちの態度を見るかぎり、宏香の学校時代にそんな相手を見つけるのは難しそうだ。となると、現時点でそれにもっとも近いのは、〈遠い砂〉のママこと尾藤八千代だ。少なくとも八千代は、一華と宏香の写真を大切にしていた。

この際、品子の依頼について八千代に話そうか。二度殺されかけ、ニュータウンがらみで話が大きくなって、いささかわたしも身構えていた。だから誰からの、どんな依頼による調査か、話さないようにしていた。だが本来は、無縁仏となった魂をいたわりたいという優しい依頼だったのだ。八千代が宏香の遺品を受け取ってくれれば。そして品子にそう報告できれば。調査はそれで終わる。これ以上、宏香の過去をほじくり返さずにすむ。

小曽木街道を戻った。〈遠い砂〉は営業中で、土砂降りの中、宵闇に眩しい紫色のライトの周囲に、それでも蛾がひらひらと舞っていた。駐車場には、特養ホームの名前入りのバンとマイクロバスが停まっていた。雨に押されるように店内に飛び込んだ。店の半分が車椅子で埋め尽くされ、けたたましい音楽と調子外れの歌が響いていた。彼らはご機嫌でグラスを傾け、マラカスを振り、店の女の子の手を握ろうと躍起になっていた。

カウンターには若い女性が入っていて、ずぶ濡れのわたしにタオルを出してくれた。八千代は一時間ほど前に家に戻ったという。タオルの手前、そのまま出ていくわけにもいかず、わたしはカウンター席についた。客たちらしい写真で埋め尽くされた壁の隙間に、冷奴やナポリタン、おでんといった手書きの短冊《たんざく》が並んでいた。

焼きそばとノンアルコールビールを注文した。カウンターの先客がその声に顔を上げ、あら、と言った。宮内ミサの施設にいた〈大井〉というヘルパーだった。

「先ほどは失礼しました。宮内先生をご不快にしてしまいまして」

わたしは丁寧に詫び、大井は尖った目つきをゆるめた。

「あなたが謝ることじゃないわ。たぶん、知らなかったんでしょうから。でも宮内先生にとって、原田宏香は思い出したくない生徒だったんですよ。先生の離婚が彼女のせいだった……とは言い切れないにしても」

カラオケの音量ものすごかったが、建物を叩く雨音も凄まじく、焼きそばを炒める音すら聞こえない。気象アプリで雨雲レーダーを呼び出した。青梅の北部は真っ赤な雨雲で覆われていた。大井とわたしは怒鳴りあうように天気の話をした。出てくるときにはこれほどの雨雲、予報ではなかったのに。この雨では車椅子の人を車に乗せるのも大変そうだ。

やがて音楽が途切れた。そのすきにわたしは大井に尋ねた。

「大井さんは原田宏香さんをご存知だったんですか」

「同級生でした。でも口をきいたことはありませんよ。そもそもあの子、口がきけたのかしら。いつも黙ったままだったし」

「いじめられてたんですか彼女。その、俄樂山の伝説とかそういったことで」

大井は呆れたように笑った。

「まさか。そんな古い話、あの頃の年寄りでも持ち出しませんよ。そもそも無口で、何考えているのかわからないから、敬遠されてたんです。それに彼女、他人のものを自分のものみたいにとっちゃって。貴重品じゃないんだけど、気に入っていたハンカチとか、あやとりの紐とか、いつのまにか彼女が握ってたりする。なんだか不気味でしょう？おまけにお母さんが悪名高くて。原田母娘に家庭を壊されたと思ってる知り合いは、宮内先生だけじゃありませんよ」

「いったい宏香さんはなにをしたんです？」

新しい曲のイントロが始まった。誰かがはしゃいで大声を上げた途端に入れ歯が飛び出し、カラオケコーナーは大騒ぎになっていた。わたしは再度、思った。原田宏香はいったいなにをしたのか。翳のある美女で、金と男たちを自在に操っていたように見える母親を持ち、周囲に大きな波紋を呼ぶ女。子どもの頃から教師を含めた女たちに憎まれ、ひどく嫌われていた女……。

大井はわたしの耳元に口を寄せて、怒鳴った。

「借金取り」

「……は？」

「母親があちこちに金を貸しつけていたんですよ。高い利子でね。返済が滞《とどこお》ると、母親があの子をその家庭に送りつけるんです。しばらく面倒をみてやってくれ、と言ってね。家庭持ちにかぎって金を貸してたのもそのためだったとか。そういう状態じゃ断れないでしょ。で、借金の返済が終わるまで、あの子はその家になにを考えているのかわからないぼーっとした顔で居座るんです。そして大きな態度で食べて、寝て、他の家族に世話をさせる。その家の子の服を着て、本を読んで、宝物を奪って。まるでカッコウの雛みたいにね」

焼きそばが出てきた。麺がパリッと焼けて野菜が多い、美味《おい》しい焼きそばだった。大音響の中、呆然としたまま食べた。

借金取り。

言われてみれば辻褄《つじつま》はあう。今井義孝や北野頼、石倉史彦が自宅やそれに近い部屋に原田宏香を置いていた理由が、借金の返済を待ってもらう代わりの処置だったとしても。いやむしろ、「彼女に操られた」などという得体の知れない理由よりはるかに納得できる。

そのために石倉はマンションの部屋を借りた。女房にバレたというのも浮気ではなく、借金ではなかったか。北野頼は妻になんと言われようと、宏香を追い出さなかった……いや、追い出せなかった。頼は妻が流産し、ボヤを起こして初めて事態の深刻さに気づき、かき集めて金を返したのだろう。それでも借金のことは妻には言えなかった。高価なスポーツウォッチを買うための借金で、それが流産の原因になったとすれば、いくら面《つら》の皮の厚い男でも言い出せまい。今井義孝もまた、ギャンブルの借金があった。返せるまで世田谷通りの品子の従妹の家に宏香を置いた。品子の元に、おそらく岩尾初恵かららと思われる奇妙な電話がかかってきた時分、ちょうど今井の義母が死んでいる。その遺産で借金を返し、宏香を追い出す寸前に、あの事件が起きた……。

ちょっと待てよ。

鈴木品子が今井義孝に仕事の依頼をするようになった二〇〇四年、すでに原田一華は死んでいた。一華が死んだ後は誰が金を貸しつけ、宏香に取り立てを命じていたのか。宏香本人が引き継いだのか？　だとしたら、宏香はかなりの資産を持っていたことになる。原田宏香が死んだとき、その金は見つかったのか。警察はなにも言ってはいなかった。スーツケースには宏香の「宝物」しか残っていなかった。

北野頼に原田宏香を紹介したのは、〈遠い砂〉のママだった。八千代は原田宏香がすでに死んでいることを知っていた。彼女たちの遺影と言ったのだ……。

大井がドアを開けて外の様子をうかがっていた。少し小降りになっていた。料金を払ってスツールを降りたところで、スマホが振動した。車に向かって走りながら電話に出た。店を出た途端に雨は容赦なくなり、運転席に飛び込む前にわたしは再びずぶ濡れになっていた。

「岩尾唯雄の件ですけど、居所がわかりましたよ」

経堂南警察署の塩澤が元気よく言った。ボンネットに叩きつける凄まじい雨音にも、その声はよく通った。助手席のバッグからタオルを出して垂れてくる雫を拭きながら、わたしは聞いた。

「てことは、生きてたの？　岩尾唯雄」

「息子の則雄が知ってるはずだと思って、よくよく問い詰めたんですよ。唯雄の女は死んだ原田宏香じゃなくて、昔なじみのスナックの女だそうです」

そういえば岩尾初恵が、スナックの女が乗り込んできたエピソードを語っていた。

「ヤキモチ焼きの女房の目を誤魔化《ごまか》すために、わざと宏香に近づいてみせたんじゃないですかね。それがあんなことになったもんだから、時を見計らって逃げ出したんでしょう。なんでも、親しい友人が仕事でやらかして飛ばされた先に、たびたび陣中見舞いにいくうちに知り合った女らしいですよ。それで今はその土地に女が買った、豪勢な一軒家に夫婦面で住んでるようですね」

突然、わたしは思い出した。〈東京ウエストフォレスト・ニュータウン〉のピンクの家のピンクのカーテンが、かすかに揺れていたことを。

「まさか、飛ばされた先って……青梅？」

「なんだ知ってたんですか。探偵ってのも侮《あなど》れませんね」

塩澤はなおも喋り続けていたが、わたしは聞いていなかった。

考えてみれば、岩尾と宏香が駆け落ちするような間柄だったなら、宏香が目と鼻の先で死んだことに、三週間近くもの間、岩尾が気づかないはずはない。恋人と連絡が取れなくなれば、探し回ってすぐに異変に気づいただろう。だがもし、岩尾と八千代がつながっていたなら。八千代が宏香の死を知っていた説明もつくし、宏香の持ち物がなくなっていたのも、宏香の資産の問題も……。

八千代はニュータウンに家を買い、高い管理費を支払っている。〈遠い砂〉がそこそこ流行っているとはいえ、八千代にそれほどの金はあったのか。そもそもスナックの開店資金は原田一華が出した。つまり八千代もまた一華に借金があったということだ。

背筋がひんやりとした。一華の死は急性アルコール中毒によるただの病死だったのだろうか。原田宏香の死は、岩尾初恵だけによって引き起こされたものだったか。岩尾が品子に紹介して隣家に今井を出入りさせ、そうすることで借金取りの宏香を住まわせたことに、なんの思惑もなかったのか。

塩澤との通話を終えて、蒲勇治にかけた。ニュータウンの警備棟にもかけた。どちらもつながらなかった。大雨のせいで電波が弱くなっているのだろう。

車を出した。〈東京ウエストフォレスト・ニュータウン〉に向かった。近づくにつれ雨は激しさを増してきた。ワイパーがどんなに頑張ってもフロントガラスは一瞬で水の幕に覆われ、すれ違うトラックから大量の水を浴びせられた。ライト以外は前も見えず、ナビの音声も聞き取れなかった。それでも看板を見落とさずにすんで、山道へと車を進めた。道には大量の水が流れ落ち、川のようになっていた。不意に、異臭を感じた。下水のような、生臭いような。

死の臭いだ、ここには死の臭いが満ちている……。

反射的にブレーキを踏んだ。緩やかなカーブの手前だった。タイヤが滑りながら坂の途中で停まった。我ながらどうかしている、とわたしは思った。こんなところで停めるなんて。

次の瞬間、前触れもなく、大量の土砂が猛烈な勢いでなだれ落ちてきて、わたしは車ごと押し流されていた。

6

「今年のナスはなんだか小さいわね」

鈴木品子はそう言って、門口にナスの牛をそっと置き、素焼きの皿の上の麻幹《おがら》に火をつけた。

新暦の盆の送りだった。吉祥寺の雨は上がり、高くなった空に星が見えていた。空に向かって煙が立ち上ると、品子は靴箱から折り鶴やハンカチを取り出して、火に投げこんだ。古い宝物はねじれながら焼けて、灰になっていく。

「ひどい目に合わせて、悪かったわねえ」

鈴木品子がしゃがみこみ、燃えていく宝物を眺めながら小声で言った。これまでに調べたことは、すべて彼女に話した。品子は青ざめながら話を聞き、これ以上の調査はやめましょう、ときっぱりと言った。そしてその晩の送り火の際に、原田宏香の宝物も送ると決め、わたしも同席させてもらったのだ。

「まさか、こんな騒ぎになってしまうなんて、思いもよらなかった」

「わたしもです。品子さんが謝ることではありません」

後になって思うと、あのときブレーキを踏んだことが生死を分けた。もしカーブを曲がっていたら側面からまともに土砂を浴びて、車は横転しながら山を転げ落ち、わたしは生き埋めになっていただろう。車は押し流され、優雅に波に乗るような格好で下の道まで行き着いた。その間、わたしは声も出せなかったが、泥まみれにはなったもののエンジンはまだ動いたし、手首を捻挫しただけですんだ。

残念ながら、ニュータウンの住民たちはそれほど幸運ではなかった。運転席で腰を抜かしていたわたしが我に返り、震える手で通報したときには、住民たちから消防に助けを求める電話が殺到していたそうだ。ニュータウンの半分が土砂に押し流され、あるいは埋まり、徐々に被害の大きさがあきらかになってきていた。その時間、交代で自宅に戻っていた警備員の蒲勇治は無事だったが、尾藤八千代とも、岩尾唯雄とも、まだ連絡はついていない。

「やっぱり最初に葉村さんが考えたように、俄樂山は『俄に落ちた山』でもあったのかもしれないわね」

最後の折り鶴を火にくべると、品子は言った。

「山主の一家が生き埋めにされたというのも、村人たちの仕業ではなく、山が崩れたのが原因だったのかも。造成中に砂が出てきたということは、地盤が強くなかったということでしょう。今回と同じように大雨が続いて、地盤がゆるんでいたのじゃないかしら。ひょっとすると毒蛾の大発生や毛虫が山を降りてきたのも、山の崩落を知らせる、山の神様からの前触れだったのかもしれない。歳をとったせいかもしれないけど、私にはなんだかそんな風に思えてしまうのよね」

品子はそう言って手を合わせた。

一緒に手を合わせながらわたしは、ニュータウンの崩落の裏に原田一華の影を感じるのは、考えすぎだろうかと思った。テレビやネットでは、地盤改良は適切だったのか、宅地崩壊は防げなかったのかと、早くも責任の追及が始まっていた。もし、わたしが考えたように原田一華が他の社員たちと結託して〈にしの森アソシエイツ〉を食い物にしていたとすれば、あらゆるシーンで予算が奪われ、その結果手抜きが行われていたとしても不思議ではない。ただ、仮にそうだったとしても、すでに死んでしまった一華はもちろん、重い病気だと辞めていった建設会社の社員たちや、行方知れずの石倉史彦が矢《や》面《おもて》に立たされることはないだろう。

折り鶴が焼けながらよじれていった。その火影《ほかげ》に蛾が飛んできて、ひらひらと舞った。わたしは八千代から見せられた宏香の「遺影」が――いちばん手前にいてピントが合っておらず、白くぼやけていた宏香の顔が、まるで羽を広げた蛾のように見えたのを思い出していた。

第四回・富山店長のミステリ紹介

ミステリファンの皆様、〈MURDER BEAR BOOKSHOP〉店長、富山泰之でございます。花田朋子文春文庫部長の命を受け、本文に登場するミステリを紹介するのも四回目。いい加減、ネタも尽きたって言ってんのにな－。……あ、いらしたんですか部長。なんでもありません部長。鋭意執筆中です部長。

p.10 **『吉祥寺ミステリアーナ』** 戸川安宣著・空犬太郎編『ぼくのミステリ・クロニクル』の大好評に便乗して出した……わけがない、架空の本です。

p.11 **ボリス・ヴィアン** 『北京の秋』『うたかたの日々（日々の泡）』で知られるフランスの作家、ミュージシャン。『うたかた～』は肺に睡蓮の花が咲く奇病にかかった美女クロエをめぐる話ですが、それより本屋襲撃のサブストーリーがすごい。

p.13 **アルレーでしょ……** カトリーヌ・アルレーの代表作『わらの女』は元祖・後

妻業的完全犯罪サスペンス。ジョルジュ・シムノンはメグレ警視シリーズで知られ、日本でもテレビドラマになったことが（メグレ夫人は市原悦子！）。超絶技巧のセバスチャン・ジャプリゾ、ヒッチコックが映画化した『めまい』のボアロー&ナルスジャック、といったところが長らくフレンチミステリの代表格でしたが、現在は言うまでもなく、フレッド・ヴァルガス、ジャン=クリストフ・グランジェ、ピエール・ルメートルらの活躍がめざましいですね。

p.13 **ジャック・フットレル**……　フットレルは〈思考機械〉とあだ名される名探偵の生みの親。アルベール・カミュの『異邦人』は「太陽のせい」で殺人を犯した青年が主人公。歌人、演劇人・寺山修司の記念館は青森県三沢にあり、ミュージアムショップには代表作『家出のすすめ』にちなんだお土産「家出のするめ」が。クレイグ・ライスはシカゴを舞台にした都会派ミステリで知られ、私生活を彷彿とさせる『スイート・ホーム殺人事件』は永久に不滅です。

p.14 **小栗虫太郎**　ひと様の趣味にいちゃもんつける気はありませんが、暗くて重くて難しい漢字どっさりの小栗の全集は、南のビーチより冬の日本海に面した洋館で読むべきでしょう。別の事件が起こりそうですが。

p.17 **『あしながおじさん』** 驚愕のラストが待ち受ける手紙文学の傑作。

p.57 **スマトラスッポンモドキ** 架空の亀です、念のため。この話を聞いて亀ミステリ・フェアを考えたのですが、エラリー・クイーン『緑色の亀の秘密』、霞流一『呪い亀』、清水義範『アキレスと亀』、樋口有介『亀と観覧車』、北野勇作『かめ探偵K』、パトリシア・ハイスミス「すっぽん」。鬼平犯科帳シリーズには「泥亀」という短編が。これは痔持ちの元盗人の異名でした。他に亀ミステリってあります？　東北弁の「カメダ」？

p.73 **『イギリス恐怖小説傑作選』** この手のアンソロジーは『イギリス怪奇傑作集』『怪奇小説傑作集』『イギリス怪奇幻想集』『イギリス怪談集』『怪奇と幻想』『幻想と怪奇』など、タイトルがまぎらわしい。私が葉村くんにオススメしたのは南條竹則編訳、ちくま文庫。エクス＝プライヴェート・エクス「見た男」を読めば寒気倍増だったのに。

p.124 **『ナポレオン・ソロ　恐怖の逃亡作戦』**……　ピーター・レスリー（久保書店・Q-Tbooks）。ドン・ホワイトヘッド『犯罪世界地図』（創元ブックス）、どちらもかなりのレア本です。病室に持ってこいなんて私が言うわけない、と思うんですけどねえ。

p.126 **ホームズからクリスティー……**　それぞれの作家のオススメの鉄道ミステリを一作ずつご紹介。ホームズものでは地下鉄の線路脇で死体が見つかる「ブルース・パーティントン設計書」。クリスティーでは並走する列車から殺人を目撃という設定が素晴らしい『パディントン発四時五十分』を。クロフツでは『列車の死』、鮎川哲也なら『黒い白鳥』、辻真先はやっぱり『あじあ号、吼えろ！』、島田荘司『奇想、天を動かす』、有栖川有栖『マレー鉄道の謎』、霞流一『スティームタイガーの死走』、山本巧次『開化鐵道探偵』——ってなんとか選んでみたけど、一作だけって厳しいわ。

p.126 **〈西村京太郎記念館〉**　旅情ミステリというジャンルを日本に根づかせた作家の個人記念館は、神奈川県の温泉地・湯河原に。私が訪れたのは二〇〇二年でしたが、鉄道パノラマに事故や自殺、殺人の現場があるという趣向が最高でした。

p.126 **『大陸横断超特急』……**　『大陸横断～』は車内で死体を見つけたジーン・ワイルダーが列車から突き落とされたり犯人に間違われたり、また列車から落ちたりと忙しい。『大列車強盗』は、『ジュラシック・パーク』で知られるマイクル・クライトンが監督・原作・脚本を務めています。ヒッチコック監督の『バルカン超特急』は、豪雪で立ち往生、全員が……という設定が『オリエント急行の殺人』と似ているかも。細菌に感染したテロリストがヨーロッパ縦断列車に、というアウトブレイク系の『カサンドラ・

クロス』、列車に乗り合わせた男から交換殺人を持ちかけられるパトリシア・ハイスミス原作『見知らぬ乗客』など、鉄道ミステリは映画にも傑作が多い。もっと知りたい方は『汽車映画ノスタルジア』（展望社）をぜひ。

p.126　『新幹線大爆破』……　一世を風靡した映画『スピード』の元ネタとも言われる傑作。グレーの制服姿の国鉄職員が頑張る姿に目頭が熱くなりますね。イギリス人作家ジョゼフ・ランスと映画の原案者・加藤阿礼の著者名によるイギリス版のノベライズが論創社から翻訳出版されています。小池滋編『世界鉄道推理傑作選1＆2』（講談社文庫）はエドマンド・クリスピン、クロフツ、マイケル・ギルバートなど、選りすぐりの短編が収録されていてオススメ。"Macabre Railway Stories"にはハリイ・ハリスンやジャック・フィニイの作品が収録されています。"ENDSTATION"はいかにもル・カレらしく、客車で出会った新旧二人の諜報員による緊迫の会話劇だそう。イギリスでドラマ化、のちにドイツでリメイク。イギリスのドラマ版はそれっきりらしいのですが、ドイツ版は律儀にＤＶＤ化され、脚本もドイツ語で出版されました。

p.131　『黒蜥蜴』　説明するまでもなく、江戸川乱歩の『黒蜥蜴』を下敷きにした三島由紀夫の傑作戯曲ですが、黒蜥蜴の革が表紙に使われた本、私も見たことがない。本物をぜひ手に取ってみたいものです。

p.135 **佐々木桔梗** 本文にも出てきますが、『オリエント急行と文学』『探偵小説と鉄道』など、粋と趣向を凝らした自家本を自費出版した極めつきのビブリオマニア。どれだけすごい限定本か説明するとキリがありませんが、例えば『探偵小説と鉄道』は、山羊革にルビーをはめ込んだ装丁の百七十部と、フランスの手漉き紙が表紙の四百部があって、四百部の方には切符と「この本拾ったら連絡してね」というシャーロック・ホームズのメモ(?)が付いています。

p.137 **ラブスン錠** ローレンス・ブロック『泥棒はスプーンを数える』(田口俊樹訳、集英社文庫)解説に、この錠とうちの店とのエピソードが掲載されております。

p.150 **ジェイムズ・ジョイス** 『ダブリン市民』で世界的に有名だけあって、ダブリンのお土産物屋にはこの人のTシャツ多数。

p.161 **海野十三** この人の鉄道ものなら、ホントは『省線電車の射撃手』がオススメ。『探偵小説と鉄道』でも紹介されている「急行列車顛覆魔」、タイトルはすごいんですが。

p.163 **椎名麟三……** キリスト教作家として知られる椎名麟三ですが、ミステリを乱読していた時代について書いたエッセイ「紳士ワトソン」を雑誌「宝石」に発表しています。東京の西、多摩丘陵の暮らしを描いた庄野潤三の作家案内『庄野潤三の本　山の上の家』が二〇一八年に出版されたばかり。写真も素晴らしい美しい本です。『時刻表二万キロ』で鉄道ファンの心を鷲摑みにした宮脇俊三には、『殺意の風景』という旅をテーマにした怖い短編集が。

p.225 〈遠い砂〉は古いイギリスミステリの……　『遠い砂』はイギリス人作家アンドリュウ・ガーヴの代表作。他に、ローカル線の車内で婦女暴行事件に巻き込まれる『カックー線事件』や、殺された女に焦点を当てた代表作『ヒルダよ眠れ』があります。ちなみに、『不穏な眠り』の初期タイトルは『昼蛾よ眠れ』だったとか。なんだそれ。

以上、〈MURDER BEAR BOOKSHOP〉店長・富山泰之でした。

（執筆協力・小山正）

参加希望者募集中！

MURDER BEAR BOOKSHOP

最新イベント企画

殺人列車で謎解き＆温泉ツアー！

東京・新宿発の臨時観光列車「見立て殺人号」に乗って、ミステリー三昧！　行きの列車内では、店長・富山泰之のミステリ・トークショー＆激レア古本オークションを開催（洋書多数、貴重な戦前本一挙放出）。その後１泊する旅館で、ミステリ専門の「劇団ハウダニット」の皆さんが、芝居仕立てで謎解きミステリを出題（密室殺人ネタ）、参加者全員で推理大会を行います。お料理と温泉をお楽しみいただきながら、真相解明に挑んでください。翌日の帰りの列車内にて、芝居仕立てで謎が明らかに！　正解者にはミステリ新刊２０冊と「MURDER BEAR BOOKSHOP １日店長」の特典をプレゼント！

参加者：店長・富山泰之、劇団ハウダニットの皆さん、
　　　　ゲスト・謎の覆面作家（実際に覆面を付けています）
日時：12 月頃（参加希望者様の希望日程調整を経て決定）
宿泊先旅館：奥多摩湖周辺、
　　　　　　幽霊が出ると噂の昭和風老舗旅館と交渉中
参加費：35,000 円（税込）
　　　　※古本購入代は別途ご負担ください。

解説

辻　真先

〝あの〟ヒロイン葉村晶の短編集である。

〝あの〟とは、〝どの〟ヒロイン？と仰る不勉強な読者のため、かいつまんでご紹介しておこう。

国籍・日本、性別・女。吉祥寺にあるミステリ専門書店〈MURDER BEAR BOOKSHOP〉の店員にして、この書店が半ば冗談で公安委員会に届出をした〈白熊探偵社〉に所属する、ただひとりの調査員でもある。

本書の123ページからコピペしたのはぼくだが、書いたのは作者だから、安心して覚えていただきたい。

ぼくはこの女探偵を、不運だが律儀でタフ、そして愉快な主役として認識している。愉快なぞと形容されて本人は不愉快かも知れないが、ごめんなさいね葉村さん、二読三読するごとに笑いを禁じ得ないのが正直な感想なんですから。

はじめこそおいしい仕事、あるいはラクな注文のはずだったのに、どういう賽《さい》の目が出たのか、アラアラという間もなく悲惨な業務遂行の羽目になる連作、高見の見物である読者としては申し訳ないけれど、つい可笑しくなる。なのにこのヒロインは、ぶうぶう不満を垂れながらでも、必ず料金以上の仕事をしてのけるから頭が下がる。世の不均衡不平等不合理を百も承知で、その間隙《かんげき》を縫い股ぐらをくぐってスポンサーを満足させ、ときにはそれさえ足蹴《あしげ》にして自分の美意識に奉仕する。寺院の池で泥まみれになろうと（『水沫隠れの日々』参照のこと）、幽霊ビルの夜警で凍えそうになろうと（『新春のラビリンス』参照のこと）、探偵の矜持を守りぬく。ムリにかっこつけてるのではない、それが彼女の自然な生きざまだから、全身これ名ダンディだ。ね、機会があったら、ぜひ一杯飲もうじゃないか、葉村さん。

彼女のあまりな運の悪さからユーモアが溢れ、発する片言隻語《へんげんせきご》がギャグじみるのは、どういうわけだろう。齎《もたら》す諧謔のみなもとは、彼女が自分と対象の距離感を正しく保持していることだと思っている。

ミステリの一系譜にハードボイルドがある。

謎解きミステリの探偵役の武器は灰色の脳細胞だが、ハードボイルドの場合行動あってこその探偵だ。だから疲れを知らぬげに動き回る葉村晶のシリーズを、ハードボイルドの枠に収める人がいてふしぎはないけれど、あいにく彼女はもう若くない。人なみに四十肩を発症するし、おいそれと点滴の痕が消えないし、白髪染めでハンカチを赤く汚してしまう。ぼくの経験でいえばギックリ腰になる日も遠くないだろう（もうヤッてましたか？）。いくら有能な探偵でも葉村晶はちゃんと加齢し、疲労し、すり切れる。読者のあなたどうように。

ひどいときには喉に吉川線がつくこともあるが（『不穏な眠り』参照のこと）、ミステリ読みの方はご承知のように、老齢になったからといってだしぬけにつくものでは、絶対にない。強いていうならハードボイルドのせいだが、とにかく彼女はひどい目にあいつづける。

短編がスタートする以前に十分間気絶させられて（『逃げだした時刻表』参照のこと）、思わず「はやッ」とぼくに口走らせたケースさえある。

いくら行動派の彼女でも、決して超人的存在ではない。それどころか本職のお座敷がかからないときは、ミステリ専門の古書店で日がな一日読んだり整理したり伝票をつけている、ごく世俗的な存在なのだ。

だからこそ読者にとって、身近なヒロインである。のべつ幕なし苦虫を嚙み潰しているポーカーフェイスでもなく、息するように蘊蓄《うんちく》を垂れ流す学者でもない。春菊の天ぷらそば八百円を自分に奢るのがせいぜいの、市井の女探偵だから、きっと読者のあなたと気が合うはずだ。

タンテイなんてなにを考えているかわからん人種だ、自分の心証をおくびにも出さず、ここぞという瞬間に俄然推理をひけらかす厭味な奴。という先入観をお持ちなら、即座に削除してほしい。少なくとも葉村晶にかぎってそれはない。

相手がとんでもない証言をしたり、事件が予想外の動きを見せたりすると、率直そのものの感想を発するのがこの人だから。

「うわー」

「な、なにいまの」

「おいおい」

(各作品ご参照のこと)

読者とおなじタイミングで彼女の驚きが飛び出すから、いっそう彼女に感情移入する。かねてから葉村流の生活描写、世事の感慨を聞かされて、主人公との垣根が取っ払われているから、彼女の一言一句に頷きつづけている読者は、物語が事件の核に踏み込んでからも、女探偵から離れようとしないのだが、そのあたりに葉村シリーズの見事な読者とりこみ作戦があると思っている。

もともとぼくは小説の王道とは距離をおいて、シナリオ修業から物書き生活をスタートした。そのあげく覇道というよりけもの道でしかないマンガ・アニメの脚本にいたったのだが、どの道でも常時いわれたのは「キャラクターの創造」である。小説風にいうなら「人間を描け」である。ところがぼくは子供のころから、お話作りに精出していた。登場人物が筋書きに奉仕しているから、ドラマに波風を立たせても読者は親身になって読んでくれない。その悪循環が今もつづいているという自覚がある。

だが葉村シリーズはそうではない。本書で活躍する彼女の舞台は広い。ミステリとしての趣向も多岐にわたっている。

刑務所帰りの女と密輸（ラスト二行の冷徹さよ）、想像を絶する怪アートと謎の資金（コントラストも凄まじいが、そのとめどない風呂敷の広がり具合）、鉄道ミステリと古書オークション（ぼくも本は好きだがこんな修羅場は知らない。ドサクサ？に紛れて辻の名を出してくださり感謝です）、欠陥老朽団地やら老人ホームやら（ぼくの仕事部屋は熱海のシニアマンションですが、土砂崩れで送水管が吹っ飛び半月ほど断水中。ひとごとではありません）、手を替え品を替えながら一貫して変わらぬ魅力を放ちつづけるのは、軸となる葉村晶の存在感ゆえに違いない。

若竹さんと今のぼくはご同業で、おたがい推理専門劇団フーダニット公演に書き下ろし脚本を寄せたご縁もあるのだが、こんなタフでチャーミングなヒロインを擁する作家さんが、つくづく羨ましい。

というわけで、先ほども書いたように機会さえあれば、探偵ちゃんと一献《いっこん》傾けたいと思っている（藤本サツキさんがそう呼んでいるから、同年配のぼくも「ちゃん」呼ばわりしていいでしょう？）。近いうちにぜひご紹介をお願いいたします。

（２０１９・10・19　作家）

初出　オール讀物

「水沫隠れの日々」２０１７年8月号
「新春のラビリンス」２０１９年3・4月合併号「呪いのC」を改題
「逃げだした時刻表」２０１９年7月号
「不穏な眠り」２０１９年12月号

本書は文春文庫オリジナルです。

扉カット　杉田比呂美

文春文庫

不《ふ》穏《おん》な眠《ねむ》り

定価はカバーに
表示してあります

2019年12月10日　第1刷

著　者　若《わか》竹《たけ》七《なな》海《み》

発行者　花田朋子
発行所　株式会社　文藝春秋

東京都千代田区紀尾井町3-23　〒102-8008
TEL　03・3265・1211㈹
文藝春秋ホームページ　http://www.bunshun.co.jp

落丁、乱丁本は、お手数ですが小社製作部宛お送り下さい。送料小社負担でお取替致します。

印刷製本・凸版印刷

Printed in Japan
ISBN978-4-16-791398-4